宿舍大逃亡
宿舍文明守則
01
Dormitory Escape
火茶 著

六〇六寢室床位配置圖

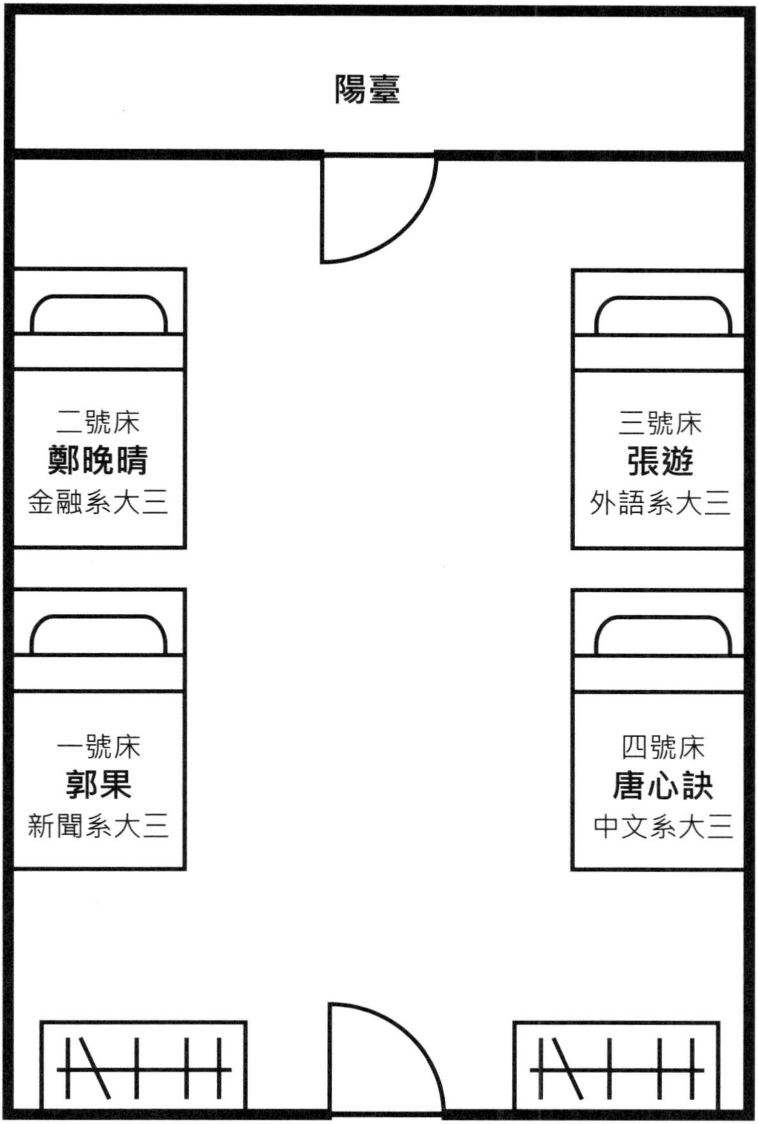

目錄
CONTENTS

第一章 遊戲降臨

『你是否覺得學校生活很枯燥？』

『你是否覺得宿舍生活很無聊？』

北京時間夜晚八點，A大學生活區，女生宿舍。

從宿舍的陽臺窗朝外看去，寂靜和黑暗籠罩四野。

路燈、宿舍大樓裡的全部燈光，甚至連遠處教學大樓區域的光都盡數熄滅，彷彿整個世界只剩下一片黑暗。

從常識上講，這一幕不可能出現在開學第一天，晚上八點的大學宿舍區。

但此時此刻，反邏輯的場景又是真實存在的。

唐心訣站在窗前，手機成為唯一的光源，螢幕光芒閃爍，嗡嗡震動。

黑底紅字的對話框接連不斷彈出，螢幕邊緣滲出鮮紅的痕跡，宛若一張猙獰的笑臉：

『歡迎來到宿舍生存遊戲……』

『愉快的宿舍生活開始啦！』

十五分鐘前。

這個狹小的四人寢室一如往常，因為是開學第一天，寢室裡氣氛不怎麼高昂。

由於一個室友航班誤點，現在還沒回來，寢室裡只有三個人。走廊外時不時響起其他寢室的尖笑聲，襯得房間裡更加安靜。

四張床鋪勉強隔開的走道上，堆了好幾個滿滿的袋子，這是她們剛剛採購回來的日用品。

「啊，不想開學啊！」

靠近門的一號床鋪下方，一聲哀號悠悠升起，帶著黑框厚眼鏡的短髮少女癱在桌子上，生無可戀。

郭果是堅定的厭學人士，開學前一週就在宿舍群組裡哀號，痛斥教育制度種種枯燥乏味。

「淨說廢話。不上學怎麼找工作？不找工作怎麼賺錢？」

靠近陽臺的二號床鋪，一雙白皙修長的腿伸下來，然後是曼妙的身材，筆挺的天鵝頸撐著一張精緻的臉。吐出的話卻粗聲粗氣：「我要是妳爸媽，就把妳送去工地搬磚，讓妳知道什麼叫美好生活來之不易。一天到晚垂頭喪氣半死不活的，看到妳就生氣。」

兩個床鋪緊鄰著，郭果一抬頭就能看見那張傾國傾城的臉，在對方看不見的地方翻了個巨大白眼：「廢話，妳是校花，開學第一天收的情書能堵住下水道，當然體會不到我們普通人的大學生活多枯燥。」

她滿含酸意地說：「如果我畢業找不到工作，就去寫本自傳，名字叫《A大校花和我鄰床是種怎樣的感受》。」

A大金融系連續三年的校花，鄭晚晴同學高傲地甩頭，將一頭烏黑秀髮甩到背上，拎著洗漱用品爬下樓梯。

「那妳到時候可要好好謝謝我了。」

行，聽不出話裡有話。

郭果陰陽怪氣個寂寞，把自己氣得一個倒仰，轉頭正好看到正在拆購物袋的另一位室友。

她頓時像找到了靠山：「唐心訣！妳看看她，我快被氣死了！」

聽到叫喊，正在默默拆購物袋的少女抬起眼皮，沒什麼焦距的目光敷衍地掃了空氣一眼，「對啊，太過分了。」

郭果：「妳這敷衍得很離譜。」

她動了動嘴想埋怨，但看了溫和安靜，似乎脾氣很好的唐心訣一眼，卻不敢開口。

不單單是因為她不敢對著唐心訣嘴欠，也因為今天唐心訣眉宇間掛著明顯的疲倦，透著一股不耐煩。也令女生本就清瘦的身形顯得更纖薄，看起來十分弱柳扶風。

當然，這表像只有好騙的鄭晚晴相信，郭果可不會被矇騙。

果然，鄭晚晴粗聲一嗓子吼過來：「沒看心訣累成這樣了嗎？回妳一句話不錯了！別打擾她！」

郭果：「……大姐，妳能照個鏡子，看看自己多雙標嗎？」

這時鄭晚晴已經傲然地走到寢室門口，大剌剌把門一開：「我去洗澡啦，妳們幫我留個門哦……咦，走廊怎麼沒燈啊？」

從她的角度看去，走廊燈不知什麼時候全關了，越遠的地方越黑漆漆一片。

走廊本就狹長，這麼一看，十分嚇人。

如果郭果站在這裡，尖叫聲能直接掀翻屋頂。但鄭晚晴看了好幾秒，卻愣是沒感覺有什麼不對，抬腿就要邁出去。

「等一下。」

身後忽然有人叫住她，是唐心訣。

唐心訣正在拆一支牙刷，沒抬頭，聲音溫和：「小心一點，外面太黑了。」

「哦好。」鄭晚晴答應一聲，伸腿邁進黑暗。

在她身後，寢室門緩緩關上，發出一聲悠長的「吱呀」聲。

聽到這聲音，唐心訣忽然放下牙刷，揉了揉眉心，眉宇不自覺地皺起。

從某種程度上來說，郭果沒猜錯，唐心訣的確很疲倦。

不過不是因為開學，而是噩夢。

她已經一週沒睡過好覺了。

對唐心訣來說，被噩夢纏身不是罕見的事。但這次的情況卻格外嚴重。甚至影響到她現實中的狀態。

剛剛郭果和鄭晚晴的對嗆，她其實一句都沒聽進去，耳朵裡僅是模糊的噪音和翕翕歙歙的低喃，一陣陣刺痛從太陽穴擴散開，讓人難以集中注意力。

這些感覺當然不足為外人道。

原地調整片刻，唐心訣走到陽臺洗手檯前，打開水龍頭。

洗手檯上方的鏡子裡，映出一張少女的面容。鏡子裡的女孩梳著乾淨清爽的單馬尾，只是燈光聚焦下，白皙的皮膚顯得有些過分冷白。纖瘦的瓜子臉，嘴唇上的血色十分淡，乍一看整個人就是一個大寫的營養不良。

眼尾微微下垂，即使不笑也像盛著笑意，看起來既羸弱又無害。

唐心訣對自己這張極具欺騙性的面孔沒什麼看法，但看著鏡中那雙黑色的眸子，噩夢中一些景象忽然在唐心訣腦海閃現。

一望無際的黑夜、濃郁的黑霧……

不等深入回憶，室友的嘟囔聲將她拉回現實。

「感謝我們寢室沒有獨立衛浴，至少鄭晚晴洗澡這半小時我能喘口氣……」

郭果嘮嘮叨叨地抱怨，瞥見唐心訣，眼珠一轉：「哎，趁大小姐不在，我們來玩一局碟仙怎麼樣？」

「大小姐」是郭果替鄭晚晴取的外號，用來私下抱怨。寢室所有人都被她取過外號，只是唐心訣不知道自己的外號是什麼。

唐心訣垂眸幾秒，擠出牙膏，把牙刷放進嘴裡，「如果晚晴回來看見了，妳們肯定又要吵起來。」

鄭晚晴是堅定的無神論者，對一切牛鬼蛇神的事物極度排斥，更不用說筆仙、碟仙這種遊戲。

非常不巧，郭果是個重度玄學愛好者，書桌常年擺著《周易詳解》、《塔羅世界》和各種占卜羅盤，熱衷於怪力亂神的都市傳說和遊戲。

果不其然，一提這點，郭果白眼翻上天：「她那是朽木不可雕也。但妳不一樣，我一看妳就覺得妳骨骼清奇，和玄學有緣分……」

見唐心訣已經自動忽略她，甚至刷完牙繼續拆購物袋，郭果急得跳起來，搖頭晃腦地勸說：「就當是為了慶祝我們升上苦命大三，陪我玩一把嘛好不好？六爻占卜、星座排盤、喚靈招鬼也行啊！」

唐心訣一抬眼，對方頓時縮起脖子，委委屈屈地偃旗息鼓。

「妳又不是不知道我膽子小，自己玩害怕，宿舍裡除了大小姐，就妳一個不害怕這些東西，我……」

唐心訣無奈地搖搖頭，剛想說話，目光不小心越過郭果身後，忽然凝滯。

室友還在滔滔不絕地講話，但在唐心訣的感官中，那一張一合的嘴卻沒傳出任何聲音。

她的視線死死盯著窗外。

在陽臺上，她看見一隻占據了整個窗戶的，巨大的黃色眼球。

這是什麼？因噩夢產生的幻覺？

那黃色眼球充滿惡意地，冷冷凝視著唐心訣，狹長的褐色瞳仁忽然一伸一縮，巨大眼球陡然裂開，變成了無數個拳頭大小的黃眼球，爭先恐後擠滿整扇窗戶。

嘻嘻嘻，嘻嘻嘻……

嗡鳴聲和呢喃私語鋪天蓋地施壓下來，唐心訣深呼一口氣，咬住後牙槽，沒有尖叫或是後退。

三年的病症、連續一週的噩夢，當夢中的恐怖怪物出現在現實，她比自己想像的還要冷靜。

幾乎只停頓了一秒，唐心訣迅速掏出手機，對著玻璃窗上的眼球飛速連拍了好幾張照片。

她早就預料到自己有一天會出現幻覺。而遇到這種情況，首先要維持的就是精神狀態穩定。透過暗示自己「眼前的一切都是假像」，回歸真實。

照片已經拍好，下一步就是查看——唐心訣打開手機相簿，在心中默念，這只不過是幻覺而已。

看到空空如也的照片，大腦就會意識到一切都是虛假的，進而開啟自我恢復機制。

打開手機相簿，隨著圖片彈出，一堆呼之欲出的眼球出現在手機螢幕上。

在它們彈出的瞬間，不知是不是錯覺，甚至能從這些眼球裡捕捉到一絲茫然——看到超出認知的精神汙染，第一個反應卻是拿手機拍照，這是什麼操作？

唐心訣也皺起眉：她的症狀忽然加重，連看照片都會出現幻覺了？

不行，她要先聯絡醫生。

打開手機通訊錄，唐心訣撥出一個號碼，同時刻意忽視窗外的眼球，既不迴避也不直視，防止誘發更多幻覺。

察覺到唐心訣的忽視，窗外的眼球憤怒了，它們顫動起來，一下一下擠壓玻璃窗，發出沉悶的撞擊聲。

「嗯？誰在拍窗戶？」郭果正撕開一袋零食，應聲回頭。

因為郭果這句話，唐心訣一愣。

如果正在撞窗戶的眼球是她的幻覺，那室友怎麼能聽到聲音？

一絲敏銳的不詳感猛然劃過腦海，唐心訣立即出手阻止郭果回頭，然而已經晚了——

「啊啊啊啊——」

在一聲足以掀翻頭蓋骨的淒厲尖叫聲中，寢室的燈光閃動兩下，轉瞬熄滅。

四周陷入一片黑暗。

唐心訣顧不上顯示忙音的手機，立即去拉郭果，一伸手沒碰到人，室友已經癱軟坐在地上，「我靠，我剛剛看見什麼……」

「訣神訣神，妳在哪裡啊我好害怕啊嗚嗚嗚！」意識到停電後郭果一個激靈，猛地彈起來找人，抓住唐心訣才放心地叫號起來。

然而沒過幾秒，一個尖細的笑聲打斷了她的哀號。

『嘻嘻嘻——嘻嘻嘻——』

笑聲似乎是從陽臺外傳來，明明窗戶緊閉，卻彷彿置身曠野，使人清晰地聽到迴響。

最詭異的是，隨著宿舍停電，陽臺窗外密密麻麻的巨大眼球也消失不見，只剩下漆黑一片，彷彿整個宿舍區在同一時間失去了電力。

『你是否覺得學校生活很枯燥？』

『你是否覺得宿舍生活很無聊？』

那聲音彷若孩童，哼著歡喜又詭異的曲調。

唐心訣站的位置離陽臺最近，甚至隱隱能聽到外面此起彼伏的驚呼聲和尖叫聲。

歡喜的聲音仍在吟唱：『回應你們的願望，滿足你們的要求……刺激的遊戲即將降臨，你想參加嗎？』

歌聲中，唐心訣聽到自己的心跳聲，如同擂鼓，昭示著眼前的一切是如此真實。

——這正是她縈繞不散的噩夢中，反覆出現的景象。

『Yes……or……yes！』

第二章　請守護自己的寢室

——YES OR YES。

夜空中咯咯尖笑的童聲拋下一道選擇題，卻沒有給出否定選項。

哼唱聲縈繞不絕，令人毛骨悚然：『歡迎來到宿舍生存遊戲——愉快的宿舍生活開始啦！』

「啊，我的手機！」

郭果慘叫一聲，伴隨手機被摔的聲音，她顫巍巍指向下方，只見手機螢幕上被扭曲的對話框擠滿，鮮紅的文字與童謠哼唱內容一模一樣。

唐心訣拿出自己的手機——同樣如此。

她立即做出反應，先將郭果從地上拉起來，然後拎起身邊最近的椅子把通向陽臺的落地窗抵住，防止那眼球怪物再出現。

接著她抄起另一把椅子，走向寢室的門。

「妳妳妳妳妳去哪？」

郭果澈底進入恐懼癱軟的狀態，蜷縮在桌子前什麼都不敢做，一見到唐心訣走遠就高度緊張。

唐心訣開口：「晚晴還在外面。」

如果整個宿舍區都停電了，公共浴室自然不會例外。

想像一下在浴室洗澡洗到一半忽然停電，外面再響起恐怖童謠聲，絕對比在寢室裡的人衝擊更大。

似乎和唐心訣的話相應，她話音剛落，宿舍外的哼唱聲忽然停了下來。

歡喜的童聲再次響起，只不過這次更加清晰，彷彿在每個人耳邊：

『好學生已經進入遊戲，壞學生還在外面貪玩，教育家迫不及待，試卷已經拆封打開——』

『重要提醒：遊戲即將開始，請所有宿舍外的同學立即回到宿舍！教育家不喜歡貪玩的壞孩子，會降下懲罰哦——』

『而當遊戲正式開始，仍未回到宿舍的同學，將受到最嚴厲的懲罰……』

童聲戛然而止，哼唱曲調隨之消失，環境重新恢復寂靜。

教育家？

試卷？

遊戲？

唐心訣將聽到的關鍵字記在心裡。這時忽然一聲悶響，寢室內兩人被震得一個激靈抬頭看去，原本虛掩著的寢室門自己關死了！

唐心訣幾步跨過去伸手拉，但無論怎麼轉門把手，寢室門都紋絲不動。

就像……被從外面反鎖了一樣。

郭果驚恐的聲音傳過來：「心訣，妳快看手機！」

只見手機螢幕上，對話框不知何時消失，只剩下一個鮮明的黑色倒數計時。

距離遊戲開始：兩百四十分鐘。

兩百四十分鐘就是四個小時，現在是晚上八點整，那四個小時後就是……零點。

思緒轉動間，唐心訣捋出目前詭異童聲給出的資訊：她們正處於一個所謂「宿舍生存遊戲」的規則中，四個小時也就是零點後，遊戲將正式開始。按照童聲的說法，似乎只有在宿舍內的人，才能進入遊戲。

那麼沒有回到宿舍的人，會受到什麼懲罰？

當然，這有可能是一場大型惡作劇，一個逼真的整人節目。但如果是真的……唐心訣靜靜盯著門口。

室友的鬼哭狼嚎中，她格外冷靜。寢室門擰不開，她嘗試用膝蓋和椅子去撞，卻發現這扇原本不甚堅實的單薄窄門，連一點微顫都沒有。

雖然外表弱柳扶風，但她的力氣多大，她心裡還是有數的。正常狀態下，這個門框不可能連晃都不晃一下。

如果童聲是真的，那就說明現在，遊戲規則不允許已經在寢室內的人出去。恐怕只有外面的人回來，門才能打開。

從童聲消失開始，走廊裡嘈雜的尖叫聲和腳步聲就沒有停過。唐心訣放棄出門，選擇扒在門上對外面喊：「能聽到我說話嗎？晚晴妳在外面嗎？」

連續喊了好幾聲，門外真的傳來回應，隨著蹬蹬蹬的腳步聲，回應聲也由遠到近，唐心訣聽出那是室友的聲音。

門被重重敲了幾下，鄭晚晴回來了，平時中氣十足的聲音罕見的有了幾分慌亂：「快開門快開門！」

「我們自己打不開門。」唐心訣如實回答，然而沒等繼續說，眼前的門就發出「吱呀」一聲。

門竟然自己開了。

鄭晚晴擠進來，伴隨一身水汽，大聲抱怨：「這個惡作劇太過分了，洗澡洗到一半給我停電，我連洗漱用品都沒來得及拿回來！回來時黑漆漆的，剛剛要不是聽到心訣的聲音，我都找不到寢室位置了。」

唐心訣：「妳真的覺得，這是個惡作劇？」

鄭晚晴一愣，「那不然呢？」

她已經雷厲風行摸索到自己座位上的手機，氣勢洶洶要打電話投訴：「也不知道宿舍保全在幹什麼，學校沒有審查嗎？這麼過分的整人也能允許……」

鄭晚晴的話沒說完就愣住了，除了手機上醒目的倒數計時，還因為電話無法撥出去。手機沒有訊號。

唐心訣伸手拉門，眼前的門已經在鄭晚晴進來的瞬間自動關閉，恢復成紋絲不動的狀態。

她嘆了口氣：「惡作劇能阻擋掉我們的手機訊號嗎？」

幾秒的沉默後，鄭晚晴不信邪般衝過去打開自己的電腦，結果明明電量滿格的筆電，卻怎麼都開不了機。

郭果顫著聲開口：「沒用的，我剛剛試著開檯燈，都沒有反應……」

寢室裡沒有光源，漆黑的環境把焦慮和恐懼無限拉長，寢室外的尖叫聲此起彼伏，卻彷彿隔著一層膜，怎麼也聽不清楚。

鄭晚晴不說話了，只能求助地看向唐心訣。她知道這時候唐心訣肯定是最冷靜理智的人，分析也最可靠。但是寢室裡沒有半點光，根本找不到對方的位置。

「……」她煩躁地一跺腳，怒氣沖沖：「隨便妳們怎麼想吧，反正這個什麼宿舍逃殺遊戲不可能是真的！」

說完，她摸索著走到陽臺前，試圖掰窗戶：「我們不是和隔壁寢室共用一個陽臺嗎？

出去問問隔壁就知道了。」

郭果聲音都裂了：「妳這樣很像恐怖電影裡的炮灰配角，我們這裡可是六樓啊！唐心訣妳快點勸勸這傻子！」

萬一在陽臺上出了什麼事……

郭果毛骨悚然，還沒起身阻止，就看見鄭晚晴的動作忽然停了下來。

黑夜中，女生神色莫辨地轉過頭，看著洗手檯對面的牆。

「這裡……有一道門。」

郭果剛想說廢話陽臺落地窗妳想叫門也可以，但轉瞬就意識到，鄭晚晴指的肯定不是陽臺窗。

一陣風颳過，唐心訣已經大步走到這邊。

過來前為了以防萬一，她從地上的購物袋裡抽出一個硬梆梆的長條狀物體，雖然不知道是什麼，至少關鍵時刻能防身。

來到陽臺處，唐心訣立刻明白了鄭晚晴話裡的意思。

郭果也顫巍巍摸了過來，三個人站到一起，看著洗手檯對面的牆。

在這扇牆上，有一道字面意義上的門。借著手機微弱的光，只能看出大概的輪廓。並沒有什麼特殊之處。

——然而她們宿舍是非獨立衛浴，這面牆上一直空空如也，從來沒有什麼門！

堅守無神論的室友沉默了，沉迷玄學的室友卻快哭了，「惡作劇……能變出一扇門嗎？」

答案不言而喻。

唐心訣深吸一口氣，沉聲一槌定音：「排除掉一切不可能，剩下的無論多難以置信，都是真相。」

「我傾向於，聲音是真的，遊戲是真的，規則也是真的。」

更何況，這些場景曾模糊出現在她夢中。後面這句話唐心訣沒說，現在第一要務是冷靜下來，避免恐慌。

她看向眼前突然出現的門。和陽臺窗、寢室門不同，這扇門目前沒有讓她產生危險感。

於是唐心訣把已經傻掉的兩人攬到後面，用手裡的長形工具抵著推開眼前的門。

手機螢幕光線下，能依稀看出這是一個洗手間，左側還有設施完備的淋浴區。鄭晚晴在後面低呼一聲：「牆上是我的洗漱用品！」

可她的洗漱工具明明落在公共浴室，怎麼會出現在這裡？

反應幾秒後，唐心訣意識到：這個遊戲，送她們一間獨立衛浴？

還有這種好事？

三人關上門，退回寢室中間的「安全區」，站在唐心訣的四號床鋪下面，一時間誰也沒說話。

郭鄭二人被衝擊得說不出話，唐心訣則是在皺眉思考。

現在情況太過詭異，能得到的資訊也很少：這個遊戲究竟是什麼？遊戲想讓她們做什麼？

她們一無所知。

面對未知的恐懼，卻被困在漆黑的寢室裡，只能被動等待，這種滋味並不好受。

而且，有一種不好的感覺始終縈繞在心頭，唐心訣總覺得自己似乎忘了什麼。

不知道過了多久，一直處於被嚇到半靈魂出竅狀態的郭果勉強冷靜些許，忽然一拍大腿，「對了，張遊半小時前告訴我，說她已經出了地鐵站，馬上就到學校了！」

同一時間，唐心訣也想起了忘記的事情：她們寢室現在人並不全，因為第四位室友，航班耽誤的張遊還沒回來！

其他兩人顯然也想到同一點，郭智打了個冷顫，語無倫次：「那個聲音說沒回到宿舍會有懲罰，是吧？那如果，那如果張遊也在宿舍區，她是不是要趕快回來？」

唐心訣再次看向陽臺窗外，沉沉的黑暗似乎更濃郁了幾分。

手機上的倒數計時已經在不知不覺中走了三十分鐘，分針遊走到八點三十，忽而一頓。

同一瞬間，童聲毫無預兆再次響起：『親愛的同學們，三十分鐘過去啦——讓我看看，還有哪些壞學生沒有回到宿舍呢——咦，有好多呀！』

清脆的聲音語調一轉，陡然變得沙啞尖銳：『教育家最討厭不聽話的壞孩子，懲罰和危險將提前到來，寢室是唯一安全區……嘻嘻嘻，但誰能保證，它是絕對安全的呢？』

『畢竟，』童音咯咯補充：『只有最後活著的同學，才能成功進入遊戲——』

『叮，第一條規則已解鎖：請守護自己的寢室！』

聲音再次消失，只不過這次沒安靜多久，門外響起了更加慘烈的叫聲和混亂的腳步聲：「救命啊！有東西在後面追我！」

唐心訣所在的六樓屬於金融系，很多寢室都是同班的人和相熟的朋友。她很快就從嘈雜中分辨出熟悉的聲音。

緊緊抓著唐心訣手臂，郭果小聲開口：「剛剛喊的人是不是隔壁寢室的孫佳？她現在還在外面，是不是……」

受到懲罰了？

唐心訣凝眉不語，走廊裡的聲音很快消失了，然而對於寢室內的人來說，此刻的寂靜更加嚇人。

「砰砰砰！」

突然響起的敲門聲讓寢室裡精神緊繃的人差點跳起來，唐心訣撈起腿軟的室友，揚聲問：「誰呀？」

「是我呀。」門外響起熟悉的女聲：「我是張遊，我回來了。」

原來是室友。

另兩人都鬆了口氣，鄭晚晴急急忙忙要去開門，卻被唐心訣一把拉住手腕。

鄭晚晴不理解：「外面有危險，我們要趕緊開門呀！」

唐心訣沒鬆手，自己走到門前：「張遊，妳從成都來的航班不是誤點了麼？怎麼這麼早就到了？」

門外聲音頓了一秒，回答：「我趕路很快的，再說，妳們不是都在擔心我嗎？」

黑暗之中，門外的聲音輕輕柔柔，的確是張遊的嗓音沒錯。

但門內的鄭晚晴和郭果卻同時打了個哆嗦，鄭晚晴也觸電般收回了要去開門的手。

——因為她們知道，張遊的航班是國外飛回來的，和成都半點關係都沒有，但唐心訣說這句話時，門外的聲音卻毫無猶豫地回應。

門外……真的是張遊嗎？

第三章　請守護自己的室友

「外面好黑呀，我好害怕。快點開門，讓我進去呀。」

門外的聲音還在說著，本該屬於少女的柔和嗓音，在此刻寢室裡的人耳中，卻有幾分說不清道不明的黏膩與陰冷。

誰敢開門？

室內一片靜默，唐心訣想了想，輕聲說：「門好像壞了，我們打不開。剛剛晚晴回來時，門是自動開的，妳站在門口試一試，看它會不會自己打開？」

這個所謂的遊戲，既然要人參加，就沒有不給回寢室的學生開門的道理，從鄭晚晴回來時門自動開閉，就可以看出來。

既然現在，寢室門毫無反應，只能說明門外的「張遊」，和她們不是同類。

門外沉寂兩秒，敲門聲忽然更加急促，一下下擊打在門上，震得整個門框都微微顫動。

「妳們是不是不想幫我開門？」

這次，「張遊」的聲音變得十分陰森，比之前大聲許多。

站在門前的唐心訣聽得清清楚楚，那陰沉的聲音是順著門板的共鳴傳進來的……就像聲音的主人正緊緊趴在門上，整個腦袋埋在門縫處一樣。

她甚至能感受到，門縫那裡有某種黏膩的東西在流動，幸虧此時寢室裡一片漆黑，什麼都看不見，要不然被室友郭果看到了，肯定當場暈過去。
唐心訣裝作什麼都沒感受到，回到兩個室友身邊，示意她們不要出聲。
鄭晚晴一向聽她的話，郭果現在被嚇得靈魂出竅也毫無異議，三人開始裝死。
見無論怎麼叫，裡面都沒有反應，門外的東西終於放棄偽裝，咯咯冷笑伴隨咯吱咯吱撓門聲響起，一下又一下，在寂靜黑暗中格外刺耳。
室內的人繃緊神經，生怕下一秒門會被硬生生撓開。
時間在分秒流逝中變得格外漫長，不知過了多久，撓門聲終於消失。三人同時鬆了一口氣，唐心訣摸了摸自己後背，才發現已經被汗浸透了。
她只能賭一把，賭對「遊戲規則」的猜測，賭寢室既是束縛也是保護，賭外面的東西進不來。
幸好，賭贏了。
就在這時，門外的走廊上，忽然「吱呀」一聲響起——這是開門的聲音！
猛地抬頭，唐心訣意識到，這是對面寢室在開門。
果不其然，一個小心翼翼的聲音響起：「陶欣是妳嗎？太好了妳終於回來……」
那聲音像看到什麼極度駭人的東西一般戛然而止，而後再也沒有響起。只能聽到隔壁寢室的門被緩慢推開——然後在其他室友驚恐的尖叫聲中「砰」一聲關死。

一切寂靜如初。

郭果在後面發出一聲嗚咽，身體不受控制地滑下去。誰也不敢出聲討論，也不敢猜測對門的寢室內此時正在發生什麼。

又過去不知道多久，清脆童聲猝不及防響起，三人被嚇得一抖：『叮叮叮、噹噹噹，同學們有乖乖回到寢室嗎──咦，少了好多人呀──噢，我好像忘了告訴同學們，寢室外面很危險，不要輕易開門哦。』

童音聽起來很惋惜，唐心訣卻從中察覺到一絲掩飾不住的幸災樂禍和惡意：『無論如何，沒守護好自己的寢室，導致室友被提前淘汰，這可不是教育家喜歡的學生。』

『教育家認為，同個寢室的室友必須互幫互助，這樣才能在日常考核和比賽中取得更好的成績，幫助你們的學校成為名牌大學。當「它」發現寢室人數不夠，就會生氣，降低你們的評分，取消你們的獎勵……』

『叮，第二條規則已解鎖：請守護自己的室友！』

在這道聲音響起同時，唐心訣看向手機，時間剛好到九點整。

距離上一次童聲出現，剛好過去半個小時。而上一次距離它在八點整首次響起，又是半個小時。

難道這個聲音，每隔半小時就會出現一次，每次宣布一條規則？

那麼距離零點遊戲正式開始，這個聲音還會再出現……

唐心訣的思緒被敲門聲打斷，門外傳來熟悉的聲音：「開門呀，我是張遊，讓我進去。」

又來？

她不假思索：「張遊，妳看看門框頂端，我們約好放備用鑰匙的地方，還有沒有備用鑰匙？」

門外：「好呀……妳說謊，沒有鑰匙，妳們過來開門。」

唐心訣面無表情，溫和的音色此刻十分冷漠：「妳忘記了，我們寢室從來不留備用鑰匙。」

這個也不是張遊！

接下來和之前一模一樣，任憑外面如何哀求威脅，聲音多麼恐怖嚇人，唐心訣三人都堅決裝死，絕對不靠近門口半步。

漫長的三十分鐘後，門外聲音再次消失了。

隨之而來的，『叮叮叮、噹噹噹，同學們有乖乖回到寢室嗎？』

「啊！」鄭晚晴終於受不了了，她跑到陽臺窗前憤怒大喊：「夠了！放我們出去！我不想玩你們這個遊戲！」

那童聲依舊惡意地嘻嘻笑著，學生的抗議對它來說十分微不足道，甚至不值一顧。

笑聲中，另一個室友郭果已經開始哭著背大悲咒。面對一團亂麻的環境，唐心訣拍了拍又開始發痛的頭，嘆一口氣，抄起一旁的長條狀工具，狠狠往桌子上一拍：「安靜！」

氣吞山河的大喝伴隨震耳欲聾的撞擊聲令寢室瞬間安靜下來，不止如此，兩個室友甚至感覺耳朵有些嗡嗡作響。

郭果沒什麼意外，鄭晚晴卻很愕然，不知道一向病怏怏的唐心訣怎麼能爆發出這麼大的力量。

「聽它說話，仔細聽。」

唐心訣抬起頭，凝視窗外的黑暗。

那詭異童音笑了一陣子，沒再假惺惺表示什麼，乾脆地宣布第三條規則：『從遊戲降臨伊始，宿舍已經全面封鎖，活人再也無法離開宿舍！』

這是早已知道的事。

郭果瑟瑟發抖：「什麼叫『再也無法離開』？它也沒說遊戲什麼時候結束啊？」

——它甚至沒說遊戲會不會結束。

這個念頭在唐心訣腦海中一閃而過，沒說出來。

而這時，門外又一次響起了規律的敲門聲……

隨著時間過去，三人終於逐漸適應了「詭異童聲——宣布規則——鬼敲門」這個規律。

好在外面的東西智商不高，一模一樣的話都不知道換一換，露餡後就無能狂怒撓門。直到下次更新，彷彿沒有之前失敗的記憶一樣，重新敲門。

一次次重複下，幾人對「鬼敲門」不再害怕。畢竟已經證明，只要她們不主動開門，外面的東西就進不來。

唐心訣則在心中一條一條記錄童聲帶來的規則。

第四條：到達零點時，只有寢室內不少於兩人存活，才能成功進入遊戲，否則將視為失敗，全體淘汰。

第五條：乖學生會獲得獎勵，壞學生不會。

第六條：只有遊戲最初降臨時，正好在寢室內的學生，才是符合「教育家」要求的乖學生。

唐心訣皺眉：把一條就可以說完的規則拆成兩條，這樣她們得到的資訊更少了，這個詭異童音倒是挺賊。

如此看來，這個不明身分的童音，對她們抱持惡意。表面上一再提醒規則，實則跟擠牙膏一樣斷斷續續，每次都恰好晚一步。要不是唐心訣在這裡，第一個開門遭殃的恐怕就是鄭晚晴和郭果了。

這時，手機上的倒數計時只剩下六十分鐘，時針來到十一點整。

已經麻木的幾人對敲門聲恍若未聞，甚至在適應了黑暗後，開始研究與外面溝通的方法。但無論是敲牆還是大喊大叫，隔壁兩面的寢室都沒有任何回應。

三人莫名有一種感覺，明明窗外是熟悉的校園，卻彷彿身處孤島。四面只有無邊無際空曠的海水，沒人能來救她們。

這種無助感，在最後一個規則宣布時，達到了頂點：『零點遊戲開始前，仍未停留在校園內，未能回到寢室的同學，將被抹殺……』

童音彷彿不小心說漏了嘴，嘻嘻笑著換了個詞：『將被淘汰，失去遊戲資格。』

「……」

郭智低聲驚叫：「看，手機螢幕又變了！」

只見猩紅的倒數計時下方，多出了四個圓框，其中三個圓框裡閃爍著白色光點，還有一個圓框內沒有發光，仍處於黯淡狀態。

唐心訣很快領悟：這些光點象徵著寢室裡四名室友，不在寢室內的人，光點就不會亮。寢室裡現在是三個人，所以光點只亮了三個。

隨著念頭同時響起的，還有已經令人麻木的急促敲門聲：「讓我進去！」

郭果自暴自棄地喊：「妳敲吧妳敲吧，喊破喉嚨也不會有人開門的——」

門外靜了一瞬，隨即是暴怒大喝：「郭果妳ＸＸ！等我進去之後剁了妳！給我開門！」

「……」

唐心訣瞬間抬頭，郭果和鄭晚晴也一愣。

「我靠！這個怪物怎麼有新臺詞了？」郭果一躍而起躲到唐心訣身後，揚聲學著唐心訣的方法試探：「咳咳，張遊，妳不是去見男朋友了嗎？怎麼這麼早就回來了？」

唐心訣扒開她：「妳有沒有想過一種可能，或許，這次的不是怪物？」

或許正應和她的話音，外面的聲音再度飆進來：「見你媽！我單身二十年什麼時候有過男朋友？鬼倒是見了好幾個，追了我一路！」

外面十分暴躁，話音伴隨幾分哭腔：「我求求妳們動作快點，現在外面都是黑霧，它們追上來我就死定了！」

「……這是張遊，是張遊沒錯吧！」

郭果又興奮又忐忑，鄭晚晴更是十分衝動急著就要開門，被唐心訣用手裡的長條工具擋了回來。

鄭晚晴這次急了，第一次對唐心訣大聲說話：「妳也說了外面是張遊，怎麼不能開門？來不及了怎麼辦？」

唐心訣刻意忽視掉太陽穴的陣痛，語速極快：「妳忘了剛剛的規律是什麼？門口每半小時就會出現一次鬼敲門，從不例外。說明它一直在我們門口。」

「所以，如果這次站在門外的是真的張遊，那麼原來的『鬼』，在哪裡？」

唐心訣沒有壓低聲音，寢室外都能聽見，空氣瞬間被寂靜充斥，連外面的敲門都停了。

半晌後，張遊聲音顫抖：「靠，別嚇我，人被嚇就會死——」

像是發現什麼一般，聲音戛然而止。

過了幾秒，張遊艱澀開口：「我感覺到了，好像有什麼東西……正趴在我後背上。」

郭果頓時倒抽一口冷氣，無聲軟了下去，鄭晚晴扯著人的領子防止倒地，猶猶豫豫看向唐心訣：「那我們還要開門嗎？」

郭果快崩潰了：「妳說呢？」

她們現在開門，進來的就不只是張遊一個人了！

「我們能不能等下一次宣布規則時再開？」她忽然靈光一閃：「心訣妳說過，每次那個恐怖童聲響起，門外的鬼就會更新一次。」

趁著鬼不在，她們幫張遊開門，不就安全了？

唐心訣卻毫不猶豫否定：「下一次童音出現，就是十二點整。」

十二點整，遊戲開始，所有未回到寢室的人都會被抹殺。誰能保證在那一瞬間，是她們開門更快，還是張遊被抹殺更快？

氣氛又回到焦灼，幾人沉默不語。

郭果忍不住抹眼淚：「難道沒有辦法了嗎……嗚……」

鄭晚晴喝她：「別哭了！現在的情況妳哭有什麼用！」

張遊更暴躁地拍門：「鄭晚晴妳不許罵郭果，我都快死了妳喊有什麼用！！」

郭果哭著破罐子破摔：「開門，我要和那個鬼決一死戰！大家一起死！」

一頓滋哇亂叫雞飛狗跳後，唐心訣異常冷靜的聲音格外醒目。

「誰說妳會死？」

第四章　遊戲開始

哭喊和暴躁只會消耗注意力，加速理智崩潰，不能解決任何問題，這是唐心訣深諳的道理。

但道理之所以只是道理，就是因為在非常情況下，人往往難以自控，這亦是本能。

從三年前，第一場虛弱的怪病伴隨噩夢找上她開始，唐心訣就被迫把道理結合實踐，學習如何在不被逼瘋的情況下，克制本能，保持冷靜。

「世界上沒有無解的噩夢，也沒有無解的現實。」

她輕聲開口，腦海中浮現這些天噩夢中的景象。

連心理醫生都束手無策的噩夢為她生活帶來許多負面影響，但這次，它似乎提前預示了意外的到來，那麼同理可證，夢中其他細節，是否也能對應現在的情況？

思緒浸入被壓制的回憶，夢中濃稠的黑暗和黑暗中隱藏的怪誕怪物撲面而來，除此之外，唐心訣隱約記得，夢中還有一個規則……

片刻後，唐心訣睜眼。

如果這個規則能作用於此時的「遊戲」，她應該知道怎麼解決當下局面了。

從外人角度看，唐心訣一動不動，沉默須臾後忽然開口：「可以開門。」

室友：？？？

鄭晚晴不喊了，張遊也不說話了，連郭果都止住哭聲，誰都不敢相信唐心訣居然這麼魯莽。

「妳確定？」

黑暗中，少女的聲音沉靜而果決：「確定。張遊必須進來，門也必須開。」

門外的張遊吸了吸鼻子，儘量讓聲音聽起來不太抖：「那我後背上的東西……怎麼辦？」

她現在不敢回頭，更不敢想門打開後會發生什麼。

唐心訣貼心回答：「妳身後的東西會撲出來，先攻擊開門的我，然後趁機鑽進寢室內。」

郭果：「……這麼可怕的事情妳怎麼說起來這麼冷靜啊！」

郭果看不見的地方，唐心訣握緊手中的工具，指腹按在物體外裹的包裝袋上。從這幾個小時來看，這東西長度約為五十公分左右，手柄堅硬，尖端為厚實的碗狀。把它想像成一個小槌子來用時還算趁手。

示意兩名室友後退，唐心訣站到門前，目光緊盯門縫，左手慢慢落在門把上。

身後的郭果吞咽口水：「訣神，妳確定有辦法讓張遊進來嗎？要是失敗了，我們全都完了。」

唐心訣搖搖頭：「不，如果失敗，很大機率只有我一人完蛋，妳們還有機會。記得那道童音說過的話嗎？沒守護好寢室會導致室友淘汰，卻沒說會全寢室一起淘汰。」

話音未落，她手心一沉，門應力打開。

門外露出張遊微微發抖的身影，室友急促喘息著，投來求助的目光。

而同一時間，尖銳笑聲從她後頸處迸發出來，張遊反射性就要轉頭，被唐心訣眼疾手快拽住。

「別轉身。」

與陽臺外的茫茫黑夜不同，走廊裡的黑彷彿覆蓋了一層流動擴散的霧，似乎有無數東西藏匿其中。

借著手機螢幕的微弱幽光，唐心訣看見一隻慘白枯瘦的手從張遊後頸伸出來，牽引出一團更加龐大的、白花花的物體——在它撲過來的瞬間，她毫不猶豫抬手狠狠砸下。

伴隨尖銳的非人的尖叫，塑膠桿和橡膠尖端撞到一團黏膩的東西。

砸中了！

一股陰寒沿著手臂迅速竄上，唐心訣沒精力分心管這些，揮舞手臂更用力把它向下摜，同時對著還沒反應過來的張遊大喊一聲：「進來！」

室友如夢初醒奪門而入，黑暗中白花花的東西尖嘯一聲就要往上撲，長形工具外的包裝袋被撕裂，在可怖的響聲中，橡膠頂端竟然還牢牢壓在那團一看就不是人的白色生物上，硬是沒被掀翻。

連白色怪物自己都愣了一下：它一個鬼，和人類女生拚力氣，竟然沒拚過？

唐心訣也愣了一下：她本來一擊得手就要迅速抽身退回去，但一拔，手裡的「小槌子」竟然紋絲不動，她又下意識用力一拽，反倒把白色怪物拖出兩公分。

白色怪物：「……」

唐心訣：「……」

她當機立斷就要把工具往黑暗中一扔，但被激怒的怪物速度更快，剎那間已經竄了上來，枯瘦的四肢和頭顱從白色的扭曲肉團中伸出，頭顱上沒有五官只有一張嘴，宛如一個黑黢黢的大洞，朝唐心訣腦袋咬過來。

『遊走在黑暗中的低級鬼怪，不可接觸、不可直視，會被吞入黑暗。』

收縮的瞳孔中映出急速竄近的怪物頭顱，四周是席捲而來的陰寒和黑暗，有一剎那，唐心訣恍覺自己仍身處噩夢中。

『——但一旦與之觸碰，受到攻擊的瞬間，也能攻擊到對方。』

和夢中一樣，她的身體本能地做出反應，既然無法抽身而退，那就一不做二不休，逆著頭顱的方向，狠狠向下一摜！

伴隨腎上腺素急劇飆升，目光盯著熟悉的怪物，唐心訣已經分不清這是現實還是夢境，完全依靠噩夢中鍛煉出的經驗本能行動。

『畏懼光明、巨響，可以用強大的力量將其撕碎，扔回黑暗……』

白色頭顱被短暫甩下去，很快便攀著工具重新竄上唐心訣的手臂，手腕上的血管因過於用力而凸起。

「小心！」

室友的尖叫聲讓唐心訣猛地一激靈：這不是她孤身一人的夢，這是現實！

有什麼東西在她腦子裡一閃而過，旋即脫口吼出：「叫！大聲叫！快！」

或許是生死關頭加快人的反應，不到半秒，郭果足以掀翻屋頂的尖叫聲就拔地而起，鄭晚晴和張遊緊隨其後，二話不說扯著嗓子嘶吼。

儘管她們不懂唐心訣為什麼忽然提出要求，但緊急關頭哪管這麼多，叫就對了。

白色怪物怕光和巨響，此時沒有光，但屋內有三個二十出頭，已經持續撞鬼四小時的女大學生。

如果聲音能轉化成武器，她們在三秒內就創造出了足以轟平整個A大宿舍區的巨響。

唐心訣明顯感受到怪物的變化，它的力量減弱了！

全力捅下，怪物身軀被撕裂貫穿，它感到畏懼，四肢垂到地面想退回黑暗，卻像唐心訣之前一樣，怎麼抽都抽不出去。

怪物：「……」

唐心訣這才發現，這支「小槌子」的橡膠末端似乎能把東西吸住，她用力越大，末端吸得越牢，因為最初攢怪物時用力過度，現在雙方誰都拔不出來。

不等腦袋自動捋出它到底是什麼東西，怪物已經意識到問題所在，改變身體結構試圖一口吞下上面的橡膠頭。

唐心訣豈能讓它得逞，頓時更快更狠向下捅，不知道連續捅了多少下，黏黏的感覺忽然消失，橡膠頂端直接戳到地面上。

怪物被捅裂了！

裂開的白色怪物分裂成無數條手臂狀的物體，唐心訣手上一鬆立即縮身退回門內，那手似乎還想來抓，在探進來的瞬間被砰然關上的門擋回外面的世界。

「咚！」碰撞在門上留下沉悶的聲響。

隨後是第二聲、第三聲，熟悉的敲門聲又緩緩響起。

與此同時，唐心訣的聲音出現在門外：「開門呀，外面好黑，我好害怕。」

其他三人打了個冷顫，明明唐心訣已經回到門內，但和她一模一樣的聲音卻同時在外面敲門，詭異得難以描述。

唐心訣緩了幾秒，上前一步舉手，也清晰地在門上敲了三下，劇烈動作後的聲音依舊溫和輕柔：「進來的門票妳出不起，滾吧。」

「……」恐怖氣氛被大幅驅散。

「嗚嗚嗚！」郭果最先動作，她一個猛撲抱住唐心訣纖薄的身體，哭得鼻涕一把淚一把：「訣姐、訣爹、訣神，以後妳就是我異父異母的親爸爸！」

張遊很無奈地抓起她：「我才是被心訣救進來的人，讓我先哭好不好？」

鄭晚晴插不進來，急得團團轉：「妳們別太用力，唐心訣身體不好，妳們別把她抱壞了！」

郭果淚眼朦朧：「大小姐，睜開妳的鈦合金雙眼皮看看，我爹剛手撕了一隻鬼！親手撕碎的！」這要是能叫體弱，她們是不是算重度傷殘了？

唐心訣掙脫亂認親的室友，有些哭笑不得：「晚晴說得沒錯，別抱我，我手疼。」

剛剛在全力爆發下膠著太久，現在手臂痠痛冰冷，全身有些脫力，她需要好好休息。

張遊細膩敏銳，立即幫她找醫藥包。

剩下二人靠著她，從驚嚇過度的狀態稍微恢復後，問出心中疑惑：「妳怎麼知道要怎麼對付外面那個怪物的？」

唐心訣沒詳細回答，只簡短道：「我只知道，對於很多低級鬼怪來說，它們碰到我們的瞬間，就是我們能攻擊到它們的時刻。加上我們有門保護，只要抓住時機拖住它兩秒就夠了。」

只是千算萬算沒想到，手裡的攻擊武器差點把她拉下水。

想到這裡，唐心訣忍不住舉起手裡的「小槌子」，想用手機的光照一下這到底是何方寶物，然而手機螢幕上的數字卻搶先映入眼底。

十、九、八、七……

零點到來，長達四個小時的倒數計時歸零，螢幕陷入黑暗。

『叮叮叮，噹噹噹——』

悠揚的童音環繞在每個人耳邊。

『背上書包，來到宿舍，愉快的大學生活從這裡開始。』

『團結友愛，互幫互助，每個同學都需遵守宿舍守則。』

『努力比賽，勤奮考試，優秀成績能讓你們生存更久。』

『學分制度，獎懲分明，教育家在最好的大學裡等你。』

唱到最後，童音變得越來越遠，彷彿升到極高的空中，聲音也變得朦朧悠揚：

『時光寶貴，珍惜當下，「宿舍生存遊戲」開始啦！』

聲音澈底消失，手機螢幕變為白色，畫面依舊陌生，唐心訣在上面看到自己的名字。

『姓名：唐心訣。』

『寢室：六〇六寢室。』

『學校：三本大學。』

『學分：0。』

在基礎資訊欄下面，有幾個小資訊框，分別是【寢室情況】、【考試／比賽記錄】、【異能道具】、【身體資訊】四欄。

唐心訣正待細看，就見到【異能道具】這一欄忽然閃了一下。

『恭喜妳，由於遊戲開始前的良好表現，獲得了一份獎勵！妳此刻手中的事物將成為妳的天賦異能——』

手中的事物？

唐心訣低頭看去，正在這時，寢室燈光突然大亮，視線借著猶如白晝的光線，看清了她的「天賦異能」。

堅硬的塑膠桿、橘紅色橡膠皮製的碗狀末端，約五十公分長的嶄新工具，赫然呈現出一副並不經常出現，但男女老少無人不知的面孔——一根貨真價實的馬桶吸盤。

唐心訣：「……」

她現在讀檔重來，還來得及嗎？

第五章　宿舍文明守則

此時此刻，唐心訣終於明白，為什麼她砸怪物的時候，反而會被吸住掙脫不開。

——因為她是拿馬桶吸盤砸的！

皮吸盤被壓縮空氣，橡膠口自然牢牢吸住對方，要是當時再配合一個沖水馬桶，怪物差不多就被直接沖漏了。

等等？

馬桶吸盤是哪裡來的？

搜尋稀薄的記憶，唐心訣終於想起來了，這是超市辦活動，她們買洗衣精的贈品。

然後它就機緣巧合被唐心訣從購物袋裡抽出來當工具，順便捅翻一隻怪物，現在搖身一變成了她的天賦異能。

「……」

一陣無語後，唐心訣打起精神查看異能介紹。

『物體類異能：馬桶吸盤小兵。』

『你有一個得心應手的馬桶吸盤，它對自己的主人也很滿意。使用它，你的行動效率將大大提升。』

……這什麼奇奇怪怪的異能？

唐心訣還是有點無法接受現實，和馬桶吸盤綁定在一起這件事對她的衝擊力甚至超出了遊戲本身。

這時，其他室友也分別查看完自己手機上的內容，神色各異地抬起頭。

「無論如何，」郭果乾巴巴開口，「好在我們四個人都成功活著進了遊戲，現在是不是暫時安全了？」

安全了嗎？誰也不敢肯定。

寢室的燈光雖然已經恢復，但陽臺外還是黑茫茫一片，門打不開，手機也依舊沒訊號……

不，現在他們連真正意義上的手機都沒有了。現在這個只能算綁定了「宿舍生存遊戲」的遊戲專用機。

「對了，妳們有看見這些嗎？」郭果翻開螢幕指著上面的個人資料：「姓名、寢室倒是對的，但為什麼上面顯示學校是三本大學？我們A大不是一本嗎？底下的學分又是什麼意思？」

「上面的資訊，應該和我們現實情況沒什麼關係了。」唐心訣推測：「它顯示的，是我們在遊戲裡的身分和屬性。」

三人立即懂了，郭果一拍大腿：「也就是說，現在我們成了遊戲裡的玩家？怪不得我看到下面還有什麼異能……欸，這是什麼？」

郭果盯著彈出來的訊息欄，一字一句念：「遊戲降臨時在寢室內等待的好孩子，教育家為了表示讚賞，向你們發放了一份隨機禮包……我抽中一個新手護盾！」

唐心訣看見那邊顯示的介紹：『新手護盾，被動出現，可以抵擋一次鬼怪攻擊。當它發出玻璃破碎的清脆響聲，建議你趕緊跑路。』

是個很實用的Buff，尤其對於膽小的郭果來說，絕對是個救命良藥。

八點停電時，張遊沒回來，鄭晚晴恰巧出去洗澡，寢室內只有唐心訣和郭果兩人，因此這個禮物也只有她們得到。

同一時間，唐心訣打開自己的訊息提醒，提示框跳出來：『恭喜你，你獲得了隨機食物獎勵。』

塑膠袋掉落聲響起，她面前的桌面上憑空出現一瓶水和兩袋麵包。

郭果大失所望：「它倒是給個技能啊，給吃的有什麼用？」

唐心訣卻怔了一瞬，旋即意識到什麼，神色凝重起來。

她轉頭，看到張遊也露出同樣若有所思的表情，兩人目光交匯，唐心訣深吸一口氣：

「不……它或許很有用。」

「妳們想想，如果我們一直無法離開寢室，怎麼解決一日三餐？」

鄭晚晴和郭果直面這句問題，臉上呈現被雷劈中般的呆滯表情。

沉默幾秒後，得出慘痛的答案：「那我們可能要餓死在寢室。」

她們誰也沒有囤積食物的習慣，儘管剛剛採購完，零食和水加起來也撐不了幾天。

唐心訣更是太陽穴突突跳：「我應該在看到洗手間時，就意識到這點的。」

遊戲不可能無緣無故送溫暖，如果學生被封鎖在空間內，至少要解決基本生理問題，突然多出來的洗手間就是明示。

眾人頓時細思極恐。

郭果癱在桌面，臉上寫滿絕望：「如果我既不想被鬼殺死，也不想被餓死，還有什麼辦法能苟且偷生活到最後嗎？」

張遊：「那就要首先分析這個遊戲的目的……」

郭果：「它想要我死！」

張遊：「……」

「張遊說的沒錯。」唐心訣已經趁這個時間把手機快速瀏覽一遍，抓住幾個重點資訊，眉心微微舒展：「對於一款遊戲來說，裡面包含了玩家的升級系統、獎勵機制，就說明它不是專門來趕盡殺絕，而是讓我們通關的。」

她斟酌一瞬，繼續道：「如果我沒猜錯，『學分』是至關重要的數值，或許相當於我們的通關證明，而『學校』代表我們現在的遊戲等級，就像青銅、白銀、黃金等分類。」

其實在遊戲正式「開始」，童音唱誦的幾句話，就是對遊戲規則的暗示。只是她們現在還無法完全分析，需要一點點驗證。

鄭晚晴聽得一愣一愣，「這樣的話，我們現在是什麼等級？」

和三本大學相對應的話，唐心訣想了想：「新手青銅？」

「畢竟三本上面還有二本、一本，甚至一本大學還會分成雙一流、二一一、九八五[1]……」

「……」

看著室友懷疑人生的表情，唐心訣莞爾，「當然，這只是初步猜測，遊戲應該不會這麼變態。」

「然後，」她點開個人資訊下方的【寢室情況】，「這裡應該相當於我們的工作列表，看見裡面了嗎？」

只見手機螢幕上排著一句話：『宿舍文明守則：一、團結友愛。二、互幫互助。』

唐心訣的手指輕輕在「守則」上點了一下，一個陌生的女性聲音憑空出現：『是否進行文明守則測試？』

1 一本、二本、三本、雙一流、二一一、九八五為中國大陸考取大學時，對於學校的等級劃分。

郭果被突然出現的聲音嚇得差點栽倒，捂著腦袋一陣後怕，幸好她剛才看手機時沒有手賤亂點，要不然現在可能怎麼死的都不知道。

唐心訣輕輕開口：「我能瞭解關於測試的資訊嗎？」

一秒後，女聲竟然真的回覆：『文明守則測試規則：本次測試不限時，及格後將成為正式學生、獲得考試資格以及更多寢室相關功能。』

「如果沒及格呢？」

女聲機械地重複了一遍剛剛的話，不再透露更多資訊。

唐心訣放下手機，看向室友：「這就是工作列表。」

「文明守則測試……」鄭晚晴自言自語：「怎麼測試？用紙筆嗎？有題庫嗎？」

郭果一言難盡：「妳是不是學傻了？用腳後跟想都知道它肯定沒有字面上這麼簡單！」她轉頭求唐心訣：「訣神，我們能不能不做這個任務？」

唐心訣回答得很乾脆：「可以，我們可以什麼都不做在寢室裡等，只要不出意外，幾天內應該死不了。」

只是……幾天之後呢？

眾人默然。

郭果掂量了自己的零食儲備量，捂臉放棄：「我不選了，交給妳們了，妳們讓我做什麼我就做什麼。」

至少她還有個護盾，鄭婉晴和張遊最慘，手裡空空如也。但或許是因為有唐心訣在，聽完分析後，反而沒那麼害怕了。

張遊謹慎開口：「我覺得，躲得了一時躲不了一世，逃避只會消耗大家的精力，讓我們很被動。」

鄭晚晴也贊成：「我還有三篇論文、一個專題、一個競賽等著搞，在這裡乾耗著我寧可和鬼魚死網破。」

意見統一，唐心訣點頭：「那就這麼決定了。需要先休息一晚，明天再開始測試嗎？」

郭果哭喪著臉：「不知道，但反正我今天晚是睡不著了。」

她現在一閉眼睛，腦袋裡要麼是敲門聲，要麼是之前糊滿陽臺窗戶的黃眼球，只有靠近室友才有些許安全感。

「要不然……直接開始？」張遊試探著開口問唐心訣，「剛剛那個聲音說，通過測試才能成為正式學生，也就是說，我們現在還不是正式學生。這是不是會影響我們一些許可權，比如無法開啟全部功能？」

見唐心訣點頭，鄭晚晴重重拍手：「那還等什麼，伸頭是一刀縮頭也是一刀，衝了！」

眾人轉頭去看鄭晚晴，才發現她不知何時找出寢室的掃把和拖把，高挑的身軀往中間一站，像個殺氣騰騰的門神：「衝啊！」

郭果：「大小姐，形象！妳蟬聯三年A大校花的形象！」

校花冷笑：「我人都要沒了，還在乎形象？想來也慚愧，我作為年齡最大的一個，不僅沒看顧好妳們，還讓最小的心訣承擔危險，實在太沒擔當了，這種事必不可能有下次，衝啊！」

「……」

郭果不再理有病的室友，翻出美工刀、指甲刀、吹風機，外加零食加起來分成四部分，往三人懷裡狂塞：「嗚嗚嗚室友一場都是緣分，我們不知道還能活多久，大家保護好自己嗚嗚嗚……」

唐心訣哭笑不得地看她們鬧，這也是一種發洩情緒的方式。面對這種巨大的變故和衝擊，沒崩潰已經算是內心堅強。

張遊嘆一口氣，她從聽到童音到趕回宿舍，現在又累又餓，卻一點食欲和睏意都沒有。更重要的是，如果現在不一鼓作氣，等明天早上一覺醒來，可能除了唐心訣外，就沒人有勇氣了。

每個人都以自己的方式消化情緒，過了半晌，等鄭晚晴和郭果冷靜下來，張遊也恢復點力氣，唐心訣才虛按著手機螢幕，敲了敲桌面。

「其實，還有兩件事我覺得應該說一下。首先，我得到了一個異能。」她斟酌幾秒詞彙，「一個……比較特殊的異能。」

室友：！

郭果張大嘴：「我靠大佬妳不早說！是什——」

她的嘴忽然被捂住，唐心訣食指抵嘴，面色凝重地轉頭看向門口：「噓。」

門外有聲音！

下一秒，所有人都清晰聽到了聲響。彷彿有什麼東西拖著一個重物，摩擦著地面走在走廊上。

是人在走？

這個可能性很快被排除。因為那聲音聽起來極其沉重。當走到她們寢室外時，似乎不經意的刮過門，刺耳的滋啦聲令人汗毛倒豎。

幾人一動也不敢動，不知過了多久，聲音終於消失。唐心訣一摸額頭，發現上面不知不覺滲出一層冷汗。

是危險感。

儘管沒見面，她能確定，這次在外面走的「東西」，比遊戲開始前敲門的怪物要可怕很多。

遊戲在催進度，又或是警告——待在寢室裡也不是絕對安全。

「準備一下，我們馬上進測試。」她的聲音沉下來。

進入測試，需要四個人同時在手機上點擊並確認。點完後，提心吊膽的室友們第一時間觀察四周，卻沒發現什麼變化。

沉默的等待有點難熬，郭果忽然想起剛剛沒結束的話題：「對了心訣，妳還沒說，妳的異能是什麼？」

唐心訣剛要開口，驟然響起的機械女聲傳入耳中。

『宿舍文明測試開始，檢測到該寢室人數完整，額外獲得十分基礎分……試卷已開，請同學們牢記文明守則，努力通關！』

昏暗中，唐心訣緩緩睜開眼睛。

她大腦有些昏沉，似乎在睡眠中被什麼東西驚醒。模糊地看了一眼，被子好好蓋在身上，四周也很安靜，於是打算翻個身繼續睡覺。

忽然，她皺起眉，察覺到床邊有聲音。

是腳步聲，似乎有人在她床頭踱步。隱隱能從餘光中看到一條黑影，頭髮偶爾摩擦著床帳頂端，發出沙沙聲。

室友還沒睡？

唐心訣想轉過頭去問問，卻猛地意識到什麼，停住動作。

——她的床鋪在書桌上面，距離地面一百五十公分以上，床邊的人究竟是有多高，頭才能到她床帳頂？

剎那間，唐心訣無比清醒。

記憶回籠，宿舍生存遊戲、無邊的黑暗、敲門的怪物……

記憶停在測試開始的瞬間，再醒來就是在這裡。

躺在床上，她的睏意卻已經一掃而空。

現在只有兩種可能性，要麼一切都是一場夢，她可以繼續睡覺，要麼她正身處測試中，必須打起十二萬分小心。

唐心訣毫不猶豫選擇後者。她放緩呼吸，瞇著眼睛假寐，觀察床邊人影的動作。

約十幾秒後，床邊的「人」不再走動，床頭頂部響起沙啞的女生聲音：「心訣，妳醒了嗎？能幫我一個忙嗎？」

這聲音很陌生，不屬於任何一個室友。

唐心訣裝睡不答。

女生反覆問了幾次，沉默半晌，古怪地咯咯笑兩聲，沿著床邊走開了。聽聲音，她似乎向右側走了過去。

唐心訣判斷著床位，她是靠門的四號床，右手邊是一號床鋪，一號床屬於郭果。

腳步聲又停了下來。唐心訣聽不見女生說了什麼，但幾秒後，她赫然聽到了玻璃破碎的聲音。

郭果的防護盾，碎了！

護盾被觸發，代表郭果受到鬼怪攻擊。破碎聲響起時，唐心訣確信聽到一聲不太真切的嗚咽。

看來郭果也醒了。

護盾碎後，床邊的長髮黑影沒繼續停留。

「噠、噠、噠」，腳步聲調轉方向，走向唐心訣正對面的三號床鋪。

三號床是張遊，張遊沒有任何異能道具，而鬼怪很可能開局就攻擊。

唐心訣心一懸，借著黑暗，她在床上摸到手機，手機旁還靜靜躺著剛綁定的馬桶吸盤。

「……」

一想到和馬桶吸盤躺在同一張床，唐心訣心情十分複雜。但現在來不及想太多，把道具全攥到手中，她集中注意力，準備隨時起身。

黑影果然在張遊床前再次停下，這次唐心訣看得清楚很多。

那是個極瘦的女生身軀，只不過脖子以上的部分，以一種極其詭異的姿勢向前伸著，幾乎是整個頭吊在上方，頭髮長長垂下來，緊緊貼著床帳。至於身體下半部沒入黑暗，看不見雙腿雙腳到底有多長。

唐心訣聽不到長髮黑影說了什麼，只能透過停頓時間來判斷，它很可能正在對張遊下手。

心念陡轉間，床帳忽然一抖，沉重感從四肢湧來，原本蓄積的力氣盡數消失，她意識到不對，但意識沉入睡夢前熟悉的昏沉感已經纏了上來。

「咯咯咯……」

女生尖細的笑聲在寢室內響起，唐心訣竭盡全力不讓眼睛完全閉合，一絲目光盯著床帳外的動靜。

不知道張遊床前發生了什麼，腳步聲似乎越來越遠，沒多久再次出現，伴隨翻動桌櫃的聲音，似乎在尋找什麼。

「我的東西呢……我的東西呢……」

桌椅被狂躁地扯開，帶動床鋪也晃動不止。女生的聲音十分慌張：「不見了，我把它放在哪裡了？啊！」

歇斯底里的尖叫聲後，一切聲音突然消失了，狹小的寢室裡重歸寂靜。

床上，唐心訣屏著呼吸，模糊的視線內只有死寂般的黑，看不見光線和人影。她不放棄地繼續和強加在身體上的睏倦對抗，卻忽然察覺到一絲不對勁。

寢室裡，剛剛有這麼黑嗎？

「女生」去哪了？

察覺到什麼，她的視線緩緩上移——頭頂的床帳頂端，赫然吊著一張正對著她的慘白面孔。

光禿禿的白色眼球死死盯著她，嘴角裂開詭異的弧度：「幫幫我，幫我找到丟失的東西……妳們會幫忙的，畢竟我們是好室友，對嗎？」

原來剛剛看到的黑，不是夜幕，而是它整個身體貼在床帳上，覆蓋住她。

下一秒，一切陷入黑暗。

再睜開眼時，唐心訣下意識抄起馬桶吸盤彈起來，床邊人影和頭頂的人臉卻消失無蹤，寢室燈管將屋子裡照得猶如白晝。

打開手機，螢幕上顯示出此時的時間：早上八點整。

唐心訣注意到【身體資訊】閃了一下，點開，用綠色電量格來表示身體健康度的狀態列上，出現一個「-1」標誌。

『直視鬼物的後遺症，San值受到汙染，健康度-1。』

想起黑暗中的正面暴擊，只是San值掉了一點已經很不錯了。

唐心訣抬起頭，一號和二號床鋪發出窸窸窣窣聲，二號床的鄭晚晴直接掀被子，聲音詫異：「咦？我們怎麼睡著了？」

一號床的郭果則緊緊捂著被褥，探出蕭瑟的腦袋：「我，我的防護盾沒了，嗚啊啊啊……」

一個是午夜驚醒還損失了護盾，另一個卻很明顯一覺睡到大天亮，運氣對比一目了然。

當然，運氣最差的或許另有其人。

確認這兩人沒什麼事，唐心訣立即上三號床鋪去看，踩上爬梯的瞬間，心裡便是一沉。

三號床空空如也，沒有張遊的身影！

得知張遊失蹤，其他兩人也沒了調整狀態的心思，飛速下床。

洗手間、陽臺，除了寢室門無法打開，她們甚至連衣櫃裡都找了，都沒有張遊的身影。

昨晚到底發生了什麼？

女鬼是怎麼對張遊下手的？

「我，我能想起來的就是，」作為另一個受到女鬼攻擊的人，郭果忍著恐懼回憶，「半夢半醒的時候，好像聽到有人喊我名字，我睜眼睛了，然後看到一個長頭髮吊在床前……」

當時她大腦一片空白，甚至嚇得連尖叫都忘了，而那個聲音還問：「能幫我一個忙嗎？」

和長頭髮裡的白眼球對視，郭果頓時感覺身體不受自己控制，張嘴就要回答。而在出聲的前一瞬，護盾被觸發的提示音響起。

「然後我嚇傻了，它就走了，等過了幾秒，我忽然感覺特別睏，一睜眼睛就是現在。」

郭果有些語無倫次，手還不規律地發抖，「張遊怎麼不見了呀，她不會出什麼事情吧，心訣，我現在特別害怕，我、我……」

郭果的狀態不太正常。

唐心訣看出這一點，移過對方的手機，果然在她的【身體資訊】欄位，看到了San值受創的標記：『精神受到較大汙染，身體健康-10。』

郭果的健康電量格已經下降了一整格，差一點就要脫離綠色範圍，進入黃線內。

同樣正面看到女鬼，唐心訣自己掉了一點，郭果卻直接翻了十倍。

所以精神傷害也是因人而異的？

郭果看了唐心訣的屬性數值，更是「哇」一聲哭出來：「我怎麼這麼倒楣哇！」

「先別急，這既然是測試，那肯定有需要我們做的任務，我們要把情況搞清楚。」

彷彿正應和唐心訣的話，熟悉的機械女聲在空中響起：『小紅是一個活潑可愛的大學女生，她有著感情真摯的男友、團結友愛的室友，生活在和諧幸福的寢室裡。』

『但是有一天，小紅發現自己有一樣東西找不到了，那是她非常重要的事物，為此，她不得不拜託室友幫忙，她相信，樂於助人的室友們，一定會幫她完成願望。』

『身為小紅的室友，妳需要在白天找到失物，放到小紅的書桌上。當夜晚降臨，小紅就會把它取走。』

提示音消失，唐心訣第一時間去看手機，這些資訊已經轉化成文字，出現在【考試比賽】欄位，下方還有兩個小提示：

『一、早八點到晚八點為白天時間。』

『二、小紅愛整潔，請不要弄亂她的書桌。』

「還好還好，我們還有十一個小時，在這麼大一點寢室裡找一個東西應該不難。」

鄭晚晴鬆了口氣，擼起袖子就準備開始翻箱倒櫃。

「但是，找什麼呢？」郭果已經懶得和她吵了，有氣無力地趴在桌子上，「提示根本沒說丟了什麼，我們找一天萬一找不到正確物品，到了晚上女鬼索命怎麼辦？」

兩人下意識把目光投向「金大腿」，唐心訣凝視著手機螢幕，幾秒後，她若有所思抬頭，聲音輕柔，卻十分清晰：「首先，我們要確定兩件事。」

「一、小紅是我們的室友，我們找到東西後要放到她的桌子上——可她的桌子在哪裡？」

另兩人猛抬頭，才意識到這個問題。

她們現在待的地方可是自己的寢室，住了三年的四人寢室，沒人比她們更清楚自己的地盤。莫名其妙多一個「室友」就算了，上哪再多一個書桌出來？

唐心訣揉了揉眉心繼續說：「二、規則說白天的時間為早八點到晚八點，但現在，手機上顯示的已經是九點整了。」

鄭晚晴沒聽懂：「九點怎麼了？」

唐心訣抬眼：「我們是八點準時醒來的，但妳們真的感覺，現在過去的時間有一個小時嗎？」

別說一個小時，從起床到現在撐死也就幾分鐘，手機顯示的時間顯然有問題。

示意室友安靜，唐心訣低聲數數：「一、二、三、四、五……」

第五秒，時間跳到九點零一分。又過五秒鐘，螢幕變成了九點零二分。

鄭郭兩人屏住呼吸，瞳孔收縮。

這什麼情況？

「由此可知，」唐心訣放下手機，得出結論：「測試中時間的流速，比真實的時間快大約十二倍。」

從早上八點到晚上八點，表面上是十二小時，但實際留給她們的行動時間，只有一個小時！

——更準確的說，如果去除剛剛的五分鐘，現在只剩下五十五分鐘。

這點時間，就算能把寢室地毯式搜尋完，也不一定能弄清楚小紅要的東西是什麼，更何況現在張遊不知所蹤生死未卜，只剩三人。

郭果神色崩潰：「這遊戲也太坑了吧！那我們現在能做什麼？」

「不能像無頭蒼蠅一樣盲目，就像做題目，要先捋清題目的邏輯和切入點。」

唐心訣反而鎮定下來，她取出一張紙，寫下兩個詞：小紅、寢室。

小紅和寢室之間被一條線連接起來，「由題可知，小紅是我們寢室的一員，這裡有她丟失的物品，有她的書桌，當夜晚降臨，她就會在寢室內走動。」

郭果打了個冷顫，縮著脖子認真聽。

唐心訣在線上畫了一個圈：「既然如此，小紅肯定會在寢室裡留下她的生活痕跡。也許是生活用品，也許是其他線索，找到這些東西，就能進一步破譯小紅的身分資訊。」

測試的題目和提示裡，都提及「小紅有男友」、「小紅愛乾淨」等字眼，如果小紅的資訊不重要，就不會給出這些提示了。

確定了初步行動，三人立即動身。

因為每個人對自己的東西最瞭解，三人首先搜尋自己的床鋪、書桌、衣櫃和洗漱區，一旦發現以前從沒見過的東西，多半和「小紅」有關了。

「找的時候小心一點。」唐心訣垂眸，「畢竟，小紅不喜歡自己的書桌被弄亂。」

鄭晚晴爽快應下繼續動作如飛，郭果卻愣了一瞬，意識到什麼，臉色發白地抿了抿嘴，小心翼翼挪到自己的位子查看。

房間裡一時間只有桌椅挪動和翻找的聲音，約莫過了五分鐘，郭果那邊忽然響起一聲壓抑的驚叫：「我這裡多了一本筆記本！」

郭果哆哆嗦嗦指著自己桌邊的小書架，上面是露了一半封皮的暗紅色筆記本，顯然郭果發現它的時候由於太害怕而不敢直接取出來，只抽出一半。

唐心訣過來取出它，皮膚接觸到封面，能感受到上面不正常的低溫，令她想起昨晚的白色怪物，也是同樣冰涼陰冷……這是遊戲裡鬼怪的共同之處？

翻開內頁，第一頁上畫著一個歪歪扭扭的火柴小人，穿著裙子，長髮直垂到大腿，特徵很明顯。

「看起來像是小紅本人。」

唐心訣翻到第二頁，上面潦草的記著幾行字。

『9.01 要約會了好緊張，萬一[redacted]不喜歡怎麼辦？室友建議我好好準備，哦，她們真貼心，我的室友是全世界最好的室友。』

下一頁。

『9.02 傾家蕩產網購的化妝品到了，我不懂該怎麼用，只能坐在鏡子前哭，室友卻遠遠躲著不過來幫我化妝，她們是故意的嗎？一定是想害我出醜，看我笑話！噁心的賤人！我要懲罰她們……』

再下一頁。

『9.03 好了，她們已經付出代價啦，暫時原諒她們。』

『對了，今晚就要和[redacted]約會了，我可要好好準備。室友說會幫我記著東西，弄丟了找她們要就好，哦她們真貼心，我的室友是全世界最好的室友。』

看完最後一句，幾人不約而同在內心吐槽：我信你個鬼。

哦，不對，這位好像真是鬼。

再往後翻，後面的頁數空白，記錄到此中斷。

空氣寂靜兩秒，郭果忽然小聲問：「我們，今天是幾號？」

「九月四號。」

「……那今天不就是？」

按照日記本上的時間，今天小紅會再寫一篇新日記。結合九月二號的記錄，不難推測出，如果唐心訣幾人沒找到小紅弄丟之物，就會像之前那些沒幫她化妝的室友一樣，受到懲罰。

懲罰的內容是什麼？誰也不知道。

把筆記本放回原處，唐心訣看了時間一眼，十二倍速流逝下，現在已經到了中午十一點。

鄭晚晴肚子發出咕嚕一聲，然後是郭果，二人都面露難色，有些不知所措地看向唐心訣。

唐心訣按上小腹的位置：「我也感覺很餓，饑餓感就像真的過了半天一樣。」

如果只是昨晚驚險幾小時加上一個早上不吃飯，她們尚可以忍受，但連著幾頓餓下來誰也受不了。

唐心訣毫不猶豫，「我們先吃東西。」

鄭晚晴咬咬牙，「妳們先吃，我還能撐……」

話音未落，她就見到唐心訣身體一晃，連忙撲過去扶到椅子上，「妳沒事吧！」

唐心訣本就看起來纖薄得十分營養不良，此刻臉色蒼白，彷彿風一吹就會散，孱弱得不行。她抬起眼皮，輕聲細語安撫：「沒事，我只是有點低血糖，剛剛暈了一下。」

鄭晚晴根本沒聽進去，急匆匆把自己桌上的零食全拖過來，拆袋子就要把麵包往唐心訣嘴裡餵，「郭果妳愣著幹嘛，趕緊裝水啊，沒看心訣都快暈了？」

「我真的沒事，吃點東西就行，妳們不用管我……」

對上鄭晚晴完全不信的目光，唐心訣無奈地嘆口氣，知道自己說了等於白說。畢竟她這副弱柳扶風的尊容，說話實在沒有說服力。

況且，她剛剛的確感覺不太妙，查看【身體資訊】，見上面又多了一條負面屬性：

『過度饑餓，健康值-3。』

鄭晚晴和郭果那邊也減了健康值五點和七點。郭果的健康值直接掉到黃線下方，從［健康］變成了［輕傷］狀態。

郭果欲哭無淚，「我的血條怎麼掉這麼快啊！有沒有人來關心一下我啊！」

折騰半天，看起來最虛弱的唐心訣，居然是受損最輕的。吞下兩個奶油小麵包，休息不到一分鐘，就搖搖頭站起來，「我好了，先繼續。」

為防另兩人不信，她打開【身體資訊】往前一伸，饑餓狀態已經消失，就連San值影響都恢復了，血條直接拉滿到百分百。

還在狼吞虎嚥與負面狀態抗爭的兩人：？

郭果：「訣神，妳外表和身體素質絕對是按照反比例函數長的吧？好傢伙，林黛玉倒拔垂楊柳就是以妳為原型寫的吧？」

「妳見過拿著馬桶吸盤的林黛玉嗎？」唐心訣笑笑，拍拍手回到衣櫃前。

兩個雙開門的衣櫃分列在寢室入口處，櫃門上標著一到四號。或許是為了節省寢室狹窄深長的空間，衣櫃被設計得窄而深，一眼望去裡面黑黢黢，需要把頭伸進去才能看清內側。

以前不覺得有什麼，直到現在才發覺，這些幽深角落無不透露出足以醞釀恐怖片的危險氣息。唐心訣皺起眉，將念頭暫時按下，專心翻找。

幾秒後，她突然心念一動，沿著直覺看向櫃內右側角落。

雖然還沒看見，但忽然出現的強烈預感告訴她，那裡很有可能有某種事物。

壓下心悸，在衣物中翻找幾下，果然摸到一塊冰涼的金屬硬物，抽出手時，掌中多了一支手機。

「這是什麼東西，手機嗎？」

「妳傻啊，這手機在心訣衣櫃裡卻不是她的，肯定就是那個小、小紅的啊！就是……怎麼看起來這麼，復古？」

兩人抓著吃到一半的麵包飛速趕過來，大眼瞪小眼。

不怪鄭晚晴認不出來，貼著水鑽的粉色翻蓋手機，款式和大小都是許多年前的設計，濃郁的年代感撲面而來。要不是打開後真的可以用，看起來倒像是玩具。

唐心訣若有所思：「看來我們這位室友小紅，入學時間有點早啊。」

正如那個年代沒有螢幕鎖的手機一樣，剛開蓋手機螢幕就亮起。裡面沒有什麼程式，只有基礎的電話、簡訊和相機等功能。

「沒有網路訊號，但是有通訊訊號。」

打開通訊錄，裡面僅有四個聯絡人，手機號碼顯示為一團亂碼，只有備註勉強能看清。

白底黑字，依次排列著四個備註：「親愛的、閨蜜小綠、輔導員、超市老闆。」

唐心訣把備註逐個讀出來，挑起眉，還沒來得及說什麼，手裡的東西忽然震動起來。

「叮叮叮，叮叮叮——」

手機螢幕上，出現了陌生來電提醒。

「我靠，鬼來電？」郭果拉著鄭晚晴往後躲，驚嚇過度已經成了反射動作，眼底盛滿恐懼，「妳不會要接吧？」

此刻她的腦海裡，已經浮現出以《鬼來電》為首的一百種死法。卻見唐心訣垂眸思考兩秒，還是按了接聽。

『嘟——嘟——』

『喂，喂，能聽到我說話嗎？』

伴隨急促喘息聲聲，手機另一端傳來再熟悉不過的焦急聲音。

第六章　誰是小紅

聽到通話聲的剎那，寢室內三人均雙目大睜，連呼吸都停了一秒：這分明是張遊的聲音！

『在嗎？有人能聽到我說話嗎？』

張遊的聲音壓得有些低，又急又快，聽起來十分急迫。

「有人。」唐心訣反應過來，把差點脫口而出的一連串問題壓了下去。

張遊那邊也愣了一瞬，而後狂喜：『心訣？電話真打到妳們那邊了！妳們現在都在寢室嗎，寢室怎麼樣？我這邊……咦，妳們怎麼不說話？』

察覺電話另一邊的室友過於安靜，一向心細的張遊立即反應過來：『我原名叫張智慧，大一跑到戶政事務所幫自己改名叫張遊，大二從金融系轉到外語系，大三聯合妳把騙了我錢的渣男送去非洲當礦工，後來他爸媽打電話求妳才放他一馬……這些夠證明我的身分嗎？我真的是張遊，活的！』

唐心訣：「……足夠了。我是唐心訣，妳現在在哪裡？安全嗎？」

『現在我在一個超市旁邊的電話亭裡，四周全都是霧，找不到回宿舍的路。時間很緊，我現在不能說太多……糟糕，它回來了！』

「誰回來了？」

『是超市老闆，我要趕緊藏起來，』張遊聲音中透著恐懼，『最快十五分鐘後，我才能再打電話給妳們，妳們能等我十五分鐘嗎？一定要等我！』

手機傳出忙音，電話掛斷了。

儘管時間短暫，張遊沒來得及說什麼，但得知對方還安全活著，寢室內的三人多少鬆了口氣。

只是短暫的通話帶來更多謎團，只能等到十五分鐘後再詢問答案。唐心訣鬆開捏著手機的手指，上面已經出現一圈青白色痕跡，殘留著陰冷涼意。

『不可觸碰之領域，健康值-1。』

因為使用了鬼怪的物品？

三人專心忙碌，約莫十三四分鐘的時間就把各自的位子澈底翻完，沒再看見其他陌生事物。就又湊到一起，等待張遊的電話。

唐心訣還在研究小紅的翻蓋手機，一抬眼卻見兩個室友蹲在她面前，看起來欲言又止。

唐心訣：「……想說什麼就說。」

郭果乾笑兩聲：「那個，張遊的渣男前男友差點去非洲當礦工那件事，真的是妳幹的？」

鄭晚晴：「當時不是都說，他是騙了有權有勢前女友被報復導致精神出問題嗎？」

唐心訣回憶了一下：「哦，那是我編出來轉移焦點的說法，他手段太Low，騙不到有權有勢的。」

兩人：「……」

「也就是說，幕後黑手，啊不，始作俑者真的是妳？」

見眼前少女默認，郭果潸然淚下：「訣神，我只知道妳深藏不露，不知道妳竟然還這麼凶殘，怪不得連鬼都敢正面剛，以後小弟就靠抱妳大腿活了！」

鄭晚晴眉頭緊皺，十分不贊同郭果這種有奶就是娘的態度：「妳少來，心訣從小體弱多病，大腿還沒妳手臂粗呢。她之前肯定是因為張遊被騙，不得已才那麼做。妳不要總想著依靠別人！要自強自立，懂嗎！」

郭果白眼翻上天，剛要反唇相譏，卻聽一陣震動聲響起，唐心訣手裡的老式翻蓋手機再次傳出刺耳的鈴聲。

張遊的電話來了！

『喂，心決，我現在只有五分鐘的通話時間，我們長話短說。而且不知道為什麼，天好像黑得很快。』

「因為時間流速不同。」唐心訣回答。接著，她快速把寢室裡得到的資訊向張遊陳述了一遍，「……我們得到的任務，是找到小紅弄丟的東西。」

張遊那邊輕輕抽氣，而後也把她的情況飛快說出：『昨天晚上我聽到有人喊我名字，讓我幫忙，不由自主就起身下床，跟著它的聲音走。等我清醒過來時，已經在外面了，手裡還握著一張紙條。』

透過電話，她把紙條上的資訊讀出：『墟無超市外五十公尺，顛倒巷口，路燈下，提醒小白別忘記晚上的約會。』

她嘆一口氣，『這就是小紅給我的任務，可是我在這裡找到現在，也沒找到超市外有什麼顛倒巷，可能要等天黑霧散去，才能看清楚。』

『我來電話亭，本來想打妳們的電話，但是電話亭提示不在可接觸區域內，將會自動轉撥到附近其他號碼……』張遊聲音有些發顫，『幸好接的是妳們。』

鋌而走險一旦失敗，她都不敢想像後果。

『而且，每過一段時間，我的健康值就會自動下降。現在已經掉了十幾點了。』

唐心訣理解張遊的恐懼。夜晚降臨伴隨鬼怪出沒，張遊卻要孤身一人在外面對恐怖環境和未知危險，這是寢室內的人無法為她分擔的。

她只能根據現有資訊做出推測：「日記本裡寫小紅有男朋友，看來或許就是小白。今晚小紅會去和小白約會，在此之前，她會回到寢室裡找那件【失物】，趁這個時間妳去找人完成任務，然後躲起來。如果實在遇到危險情況，就來電話亭打電話。」

白天無法打開寢室門，未必代表夜晚不行。她有［馬桶吸盤小兵］這個異能，至少比張遊更有自保之力。

張遊重重『嗯』了一聲，『妳們也一定要小心。小紅不是人，它們對我們有惡意，千萬不能用人的邏輯來分析它們！』

五分鐘時間到，通話再次終止。

屋內一時無言，既是對張遊的擔心，也是對自身情況的憂慮。還是唐心訣率先起身，「這裡的時間還有三小時就到晚上八點，現實時間只剩十五分鐘，我們抓緊時間把剩下的地方搜完。」

為節省時間，唐心訣乾脆直接用溫度來判斷是否有鬼怪物品存在。不大的寢室很快被搜遍，除了郭果桌上的筆記本和唐心訣櫃子裡的手機，依舊一無所獲。

「那麼問題來了，到底是筆記本，還是手機？」

眼見截止時間逼近，三人分析起目前兩個物品。

「哪有約會帶個筆記本過去的？我覺得很有可能是手機。」郭果猜測。

「只能放一個嗎？規則又沒說，乾脆一起放上去，讓小紅自己挑唄！」見唐心訣贊同自己的想法，鄭晚晴把頭髮抓得亂糟糟：「我更想問第二個問題，『小紅的書桌』究竟在哪裡？」

按照測試要求，她們就算找到正確物品，找不到正確的地點也是完蛋。

談到這點，唐心訣聲音一沉，她先看向郭果，對方沉默不語，臉色卻更加蒼白。

明白郭果已經察覺，唐心訣嘆了口氣：「我認為與其說，小紅的書桌在哪裡，不如說，小紅的書桌是哪個。」

——很顯然，寢室裡只有四張書桌，沒有減少也沒有增多。她們只能選擇一張書桌，把物品放在上面。

「而被選中的那張書桌，就是『小紅的書桌』。」

但是，如果那張桌子現在屬於小紅，那它原本的所有者，又算什麼呢？

鄭晚晴無法理解這個邏輯中的恐懼，郭果又過分敏感這種恐懼，兩人一個摸不著頭腦，一個抖若篩糠。時間卻來不及和她們細細解說，唐心訣只能直接推斷結論：「如果一定要選一個，它一定存在某種判定條件。被選中的人，一定存在和小紅有關的某種特性。」

她頓了頓，「這個人要麼是我，要麼是郭果。」

郭果的哭腔打斷了她：「是血條。」

她一邊抽鼻子，一邊打開【身體資訊】，上面的健康值不知何時已經變成了［-20］，仔細一看，其中大部分都是精神受損，San 值降低的影響。

「我現在已經開始產生幻覺，耳邊總是有聲音，還能看到我桌面上出現黑氣。」

郭果強忍著眼淚，視死如歸地說：「把東西放到我桌子上，那就是正確的位子。」

放完東西後，鄭晚晴不知該怎麼安慰她，只能說：「我們只要放對東西就可以直接通關，不會有事的。等到測試結束，我們的血條就會像心訣一樣自動恢復……」

寢室燈光忽然一閃，旋即隨著鄭晚晴的聲音消失，燈光熄滅。

唐心訣睜開雙眼，她依舊躺在床鋪上，四周是濃稠的黑暗。

屋內寂靜無聲，其他兩人應該已經恢復意識，但沒人說話。過了不知多久，寢室門外忽然響起沉重的腳步聲，然後是「吱呀」一聲。

門被推開了。

「我的東西……我的東西……妳們有把我要的東西放到桌子上嗎？」

「小紅」的聲音在入口處轉了幾下，聲調詭異地揚起：「哦……看來妳們找對了位子。」

唐心訣只能看到門口一條比門還高的瘦長黑影，她緊盯著那道黑影。

「噠、噠、噠──」

腳步聲走向郭果的一號床鋪下方，黑影緩緩彎腰。

「咯咯咯，感謝我親愛的室友，幫我找回……不，這是什麼？」

沙啞的女聲忽然變得尖銳刺耳，幾乎劃破人的耳膜：「妳們騙人，這不是我要的東西！」

物體被掃落，金屬撞擊地面，木桌被拖拽的刺耳摩擦聲同時響起，宣示著黑影的憤怒。

唐心訣不動聲色地握住馬桶吸盤，注意力凝聚在黑影身上。

歇斯底里的尖叫聲過後，「小紅」森然發問：「妳們是不是故意騙我，讓我找不到東西，在約會時出醜，看我笑話？」

和日記本裡一模一樣的臺詞，唐心訣腦海裡已經提前浮現了後面的話。

果然──「妳們這群賤人，我要讓妳們受到懲罰！」

不知是不是錯覺，隨著小紅的尖叫，鬼影似乎變得越來越長，頭髮一直垂到腳面，覆蓋在細骨伶仃的手臂上。身軀很快因為過長而佝僂起來，頭顱僵硬地轉動。

「我要讓妳們……」

似乎實在忍受不了，斜對面的床鋪忽然重重一晃，鄭晚晴焦急的聲音響起：「我們沒騙妳！」

糟糕。

唐心訣的心驟然一沉，但是已經來不及阻止了。昏暗中甚至能看到鄭晚晴從床上半坐起，身體直愣愣朝著小紅的方向：「我們把找到的所有東西都放在桌子上了！」

小紅動作一頓，沙啞的聲音被拉長，方才的暴怒被詭異的語氣取代：「哦，是嗎……」

瘦長鬼影轉身，一步步靠近二號床，脖子迫不及待地高高向前伸，頭髮垂在空中，「親愛的室友，是妳在說話嗎？」

明明黑影在兩公尺外，聲音卻出現在耳邊。唐心訣喉嚨一痛，腥甜味湧上來。

「親愛的室友，是妳聽到我的聲音嗎？」

剛咽下腥味，尖銳刺痛就從耳內蔓延開來，耳中瞬間嗡鳴一片，唐心訣眉頭緊鎖，知道鬼怪的攻擊被室友觸發了。

此刻，黑影已經挪到二號床前，半個身軀貼在窗簾上，不用想她也知道，此刻那張慘白猙獰的臉正一眨不眨盯著鄭晚晴。

「親愛的室友，是妳看到，我的臉嗎？」

沒等眼球的痛楚爆發，唐心訣忽然揚起馬桶吸盤，重重打了下床鋪的欄杆。

「咚」的一聲，成功打斷小紅的聲音，吸引它的注意力。

腳步聲一轉，向唐心訣這邊挪動，咯咯笑聲愈發清晰，很快就近在咫尺。

唐心訣幽幽說：「妳真的想找到東西去約會？我看妳找不到好像還挺開心的。」

小紅：「……」

鬼影的動作和笑聲同時一頓，過了好幾秒才寒氣森森地說：「我當然要去約會，但沒有找到東西就不能過去，都怪妳們！」

唐心訣：「妳想把我們怎麼樣？」

小紅緊貼著床帳，聲音有掩蓋不住的貪婪：「要麼把東西給我，要麼，就像妳們消失的室友一樣，受到懲罰……」

唐心訣：「張遊？妳把她怎麼樣了？」

「她永遠不會再出現了，就像妳們的結局一樣。」小紅歪著腦袋，說話時舌頭般的東西伸出來，長長拖在紗帳上，發出黏膩噁心的聲音。

「親愛的室友，妳怎麼不睜眼看看我呢？」

從她走近開始，唐心訣就雙眼緊閉，只靠耳朵辨認對方的動作和位置，「我一直睜著眼睛呢。」

小紅：「哦……是麼？」

它狐疑地在紗帳上摩擦挪動，「妳騙人！妳根本沒睜眼睛！」

「我真睜著，是不是床帳外面太黑了，妳看不清？」

唐心訣語氣篤定。

她的聲音和外表一樣，纖薄細軟，怎麼聽都柔弱無害，十分真摯。

小紅趴在床帳上仔仔細細地看，過了半晌勃然大怒：「騙子！」

唐心訣對它震耳欲聾的尖叫聲已經麻木了，甚至對方越暴怒，她反而越平靜。

她已經確認了一點，小紅無法越過床帳進來。

連續兩個夜晚，它都只是趴在外面，看起來貼臉殺，實則隔著層紗帳，從沒有實際接觸到人。

——寢室門是一層保護，床帳也是。

哪怕是鬼怪，十有八九都要受到條件約束，只要不被蠱惑走出去，在裡面受到的攻擊就有限，更多是精神汙染。

唐心訣對於噩夢中司空見慣的景象心平氣和，不覺得自己受到什麼汙染。

她一動不動裝死，小紅越覺得被戲弄，氣得半個身體覆蓋在床帳上，指甲在上面刮擦不止，彷彿隨時要撕碎紗帳。這樣半天後，意識到自己在無能狂怒，它冷靜下來，試圖誘使唐心訣說話。

唐心訣巋然不動，如同睡著。

小紅：「……啊！去死吧！」

又一輪尖叫，唐心訣忽然從被窩掏出手機，低頭看了一眼。

小紅：「……妳還有心思玩手機？」

放下手機，唐心訣冷不防開口，「還有一分鐘。」

小紅下意識問：「什麼？」

唐心訣：「還有一分鐘，就到早上八點，天亮時間。」

手機上顯示的時間是七點三十五，根據晚上的感官和時間推算，夜晚的時間流速應該是二十四倍。而小紅只能在夜晚出沒，到天亮之後就會離開。

「這裡是宿舍文明守則測試，妳也是宿舍的一員，和我們一樣會受到約束。」唐心訣聲音輕柔，「順便，妳今晚的約會又吹了。」

小紅：「……」

殺鬼誅心？

它終於直起麵條般的身體，第一次直視這個人類，聲音冰冷沙啞。

「明天是最後期限，如果明天妳們拿不出我要的東西，就會全部留在測試裡，變成和我一樣的東西。嘻嘻，我等著妳們……」

聲音消失，燈光亮起，唐心訣睜開雙眼，第一時間查看鄭晚晴和郭果的情況。

郭果從被窩裡伸出一根手指證明她還活著，鄭晚晴卻毫無動靜，床鋪上鼓起一個大包，掀開被子一看，女孩蜷縮在裡面，臉色鐵青，耳朵和嘴角都滲出鮮血。

「晚晴！」

唐心訣立即打開對方手機，看見負面狀態：『無法承受的交流健康值-30。』

負面狀態下緊接著又彈出一條：『達成成就：上當的獵物。中性Buff（短期）：反應力-5；耐力+2；耐力上限+1。』

『Buff效果：短暫昏迷。』

唐心訣緊繃的心弦微微放鬆，如果晚晴昏迷是因為Buff，那情況還不算最糟糕。

她打開自己的【身體資訊】，也看見了新的提醒：

『超出界限的交流，健康值-2。』

『達成成就：憤怒的NPC。正面Buff（短期）：反應力+5；反應力上限+2。』

再次點擊成就，螢幕上竟彈出一條解釋：

『想不到吧！如果NPC提前知道被你氣得嗷嗷叫會幫你增加成就，它死都不會來找你的。』

唐心訣：「……」

就在這時，旁邊床上，郭果驚恐的叫聲乍起：「我的臉！救命，我的臉！」

郭果慘叫著在床鋪上打滾，被唐心訣掰過肩膀時，頭髮已經蹭得如同鳥窩，眼淚糊在臉上，除此之外，面孔上卻乾乾淨淨什麼都沒有。

「妳的臉怎麼了？」唐心訣問。

「嗚……剛剛有東西撲到我臉上……嗝，像個骷髏又像是蜈蚣，我還感覺臉特別痛，好像燒到了……」

郭果漸漸冷靜下來，也意識到自己說的有點驢唇不對馬嘴。她又摸了摸臉，一瞬即逝的痛感已經不見了。

唐心訣了然，安撫道：「這是幻覺，不要相信它。」

再看郭果的【身體資訊】欄位，健康值已經下降到黃色底層，鍍上一層暗紅的顏色。

『理智崩塌（輕度）：你的San值已大幅度下降，四周環境對你而言不再安全，受到的攻擊可能會發生不規則畸變。』

『注：此過程內，你的健康值將持續下降。』

看著手機畫面，郭果深呼吸幾下才找回語言能力：「昨晚自從那個鬼出現，我就感覺渾身冰涼、無法動彈，手機一直彈出提醒。我知道健康值一直在下降，只是沒想到，居然下降了這麼多。」

健康線才降到黃色底部，恐怖的幻覺已經纏上她，要是跌到紅色線，甚至歸零……

郭果哆哆嗦嗦開口：「心訣，妳說健康值如果歸零了，我會死嗎？」

「別想不會發生的事，妳現在需要休息。」唐心訣將她按回去。

越悲觀緊張，精神防線越搖搖欲墜。從某種程度上，郭果現在的狀態比鄭晚晴還要危險很多。

郭果卻用力搖頭，掙扎撲下床，「我們必須找到任務要的東西，今天是最後期限，如果交不上去，我們全都會死在這裡！」

或許是絕境中能爆發更大的潛力，郭果的動作速度甚至比昨天還快。她不想才第二天就死於非命！

唐心訣沒再說什麼，確認鄭晚晴的安全後，同樣搜尋起來。

第二次翻找同樣的位置，比第一天輕車熟路許多，再加上唐心訣對鬼怪物品的特殊感應，不到十五分鐘就將整個寢室翻了一遍，卻沒發現任何新物品。

二人一無所獲。

「怎麼可能呢？」

郭果臉色蒼白，不信邪地衝到自己座位上重新翻找起來。

唐心訣翻看小紅的手機和筆記本半晌，去取了兩袋包裝完整的麵包，叫住室友：「先吃點東西，休息一下吧。」

「我不餓，我找完再吃。」

郭果的聲音悶悶的，帶著濃重的水汽。

唐心訣聲音堅定：「先吃再找。」

在這場測試裡，一天的時間被壓縮為一個半小時，她們昨天相當於一整天只吃了一塊麵包，身體根本承受不了這種饑餓和消耗。

郭果悶不做聲，忽然，她渾身一抖，彷彿看到什麼極其恐怖的東西，尖叫一聲後癱軟在地，「這裡面有隻鬼！」

她指著桌面下方的豎櫃：「就在這裡面，它在裡面看著我，還要把我抓進去……」

唐心訣打開櫃門，裡面空空如也，這依舊是郭果的幻覺。

郭果喘息半晌，放棄搜找，沉默地轉身接過麵包。咬了幾口後，她肩膀抖動越來越大，終於忍不住「哇」一聲哭出來：「為什麼總是我啊……為什麼我這麼倒楣啊！」

明明大家一樣進遊戲，一樣承受鬼怪攻擊，她受到攻擊時傷害卻最大，San值降得也最多？難道就因為她膽子小嗎？

聽著室友的抽泣，唐心訣一時無言。

這句質問，從她遭遇車禍那一天，一直到噩夢纏身這幾年，也曾經問過自己很多次。

為什麼只有她要經歷無邊無際的噩夢？為什麼她會得這種莫名其妙的怪病？為什麼她不能像正常人一樣生活？

為什麼，偏偏是我呢？

思緒不知飄散到哪裡，與這兩天稀少的線索糅合到一起，唐心訣不自覺皺起眉，喃喃自語：「為什麼總是妳……」

腦海中某一點忽然被戳中，她眸光一銳，忽地抬眼，目光盯向室友：「對啊，為什麼總是妳？」

郭果：「……嗝？」

她一臉茫然地看著唐心訣起身，反覆翻看手機和小紅的物品。時間一點點過去，少女神情也越來越凝重，彷彿發現了什麼。

幾分鐘後，唐心訣重重吐出一口氣，「我想，我好像明白了。」

貨架裡，張遊屏著呼吸，不敢發出一丁點聲響。

半公尺之外，隔著擺滿食品的簡陋木架，一個肥胖臃腫的身體慢悠悠走過去，每一步都落下沉重的腳步聲。

「咚、咚、咚——」

透過貨架縫隙，男人隨手扯下一袋膨化食品，撕開袋子大口大口地嚼，在厚重的咀嚼聲中，肥碩背影漸漸走向貨架尾端。如果仔細看去就會發現，男人明明是往前走，臉卻長在後方，雙眼緊閉，說不出的怪誕詭異。

直到身影徹底消失在視線中，張遊才敢輕輕呼一口氣。

她知道，超市老闆並不是臉長反了，而是同時長著兩張臉——每當時間過去十五分鐘，男人就會睜開另一張臉的眼睛。上一次她就是這樣差點被抓到。

還好超市老闆無法離開超市範圍，她可以躲進外面的茫茫白霧，遇到其他怪物再躲回來，只是沒辦法再去電話亭了。

昨夜她雖然完成了小紅的任務，見到了普通青年模樣的「小白」，但臨走時對方的目光儼然是在看一個死人……張遊不敢再細想。

她現在健康值不斷下降，身體也彷彿真的整整兩天沒進食般饑餓虛弱，能不能撐得過超市老闆的下次巡視還不一定。

饑餓，極度的饑餓。

張遊從出生到現在，從沒體驗過這種餓到快昏厥的感受。而此刻面前擺滿了各式各樣的超市零食，唾液不停分泌，她卻不敢伸手拿。

這片區域裡根本沒有人類，超市老闆也不是人，在這樣的超市裡售賣的東西，她怎麼敢吃？

可是真的好餓……好想回到宿舍……

每過一秒，饑餓感就愈發強烈，張遊無力地靠在牆上，意識開始渙散。

按照這場測試中的時間，現在已經是下午七點，還有一個小時，黑夜就會再次到來。

不知道唐心訣她們有沒有遭遇危險，能不能完成任務？

隨著神智越發模糊，張遊終於無意識地伸出手，觸碰到貨架上一包洋芋片。

「終於找到妳了，小同學、小客人……」

陰冷的氣息沿著手臂竄至後背，張遊悚然驚醒，聽見來自貨架外，超市老闆黏稠陰森的聲音。

「心訣，妳明白什麼了？」

寢室內，郭果忍不住開口問，滿眼疑惑。

唐心訣看向她，「我大概明白，小紅想要的東西是什麼了。」

郭果一喜，可隨即看到唐心訣的眼中並無笑意，嘴角僵住，不妙的預感湧上來：「是，是什麼？」

唐心訣無聲嘆口氣，拉出椅子讓她坐下：「一開始我就在想，這個遊戲給的提示資訊太少，少到與它的難度根本不符。」

第一天夜晚就會下手的鬼怪，僅容一次的試錯機會，幾乎完全未知的任務物品……放在前兩天還完全是普通女大學生的她們身上，幾乎是必死局。

這顯然不是一個新手場應有的難度。

郭果愣愣抽鼻子：「所，所以呢？」

「所以，一定有某些提示藏在測試中，並沒有放在明面上，而被我們錯過了。」

「妳還記得第一天夜晚，小紅出現在寢室時，喚醒我們的順序嗎？」

「一開始我並沒注意到這點，但現在回想，鬼怪受規則限制，它的行為本身即蘊含了某種規則。而當時的順序，可能就是我們正處於的某種順位。」

唐心訣取出第一天用來畫關係圖的紙張，在「小紅——寢室」後面，依序寫上四人的名字。

「首先是我，而後是妳，然後是張遊、晚晴。」

「如果按照這順位排列，那麼第二天時，被選擇成為『小紅書桌』的應該是我的書桌才對，但卻變成了妳，這是為什麼？」

「因為我受到的傷害最大，當時最虛弱。」郭果垂頭喪氣。她是重度玄學和靈異故事愛好者，知道人越虛弱，即所謂的「陰氣」重，越會給鬼怪可乘之機。

「所以從第一個白天開始，我們的順位就發生了變化。」唐心訣將郭果的名字調到最上方。

「通關的唯一條件是找到正確的人物物品，但我們剛剛卻一無所獲。要麼，是它根本不在寢室內，要麼，是它需要某種特定條件，才能被發現。」

郭果似乎明白了什麼，卻又抓不住線索，San值降低令她的意識變得有些混沌，艱難地跟著唐心訣思緒走。

唐心訣繼續開口。「而同樣，測試給出的另一條提示，清晰寫著：小紅愛整潔，請不要弄亂她的書桌。」

「愛整潔，不喜歡書桌被弄亂，這個性格特徵是不是很熟悉？」

這句話宛若一道電流，令郭果模糊的思緒一凜，於剎那的清醒中睜大雙眼：「……是很熟悉。」

「因為在我們的寢室裡，恰好有兩個人有這一特點。」唐心訣指了指自己，又指向對方。

「我和妳。」

「從一開始，測試就給出了暗示。」

唐心訣一字一句：「小紅的確是我們寢室的一員，這裡有她的書桌，有她的物品（手機），有屬於她的記憶和性格特徵（日記本），現在缺少的只是最後一樣：一個身分。」

小紅是誰？

宛若響木敲定，郭果終於澈底清醒，倒吸一口冷氣，聲音顫抖。

「小紅……是我？」

第七章　小紅的感激

從頭頂涼到腳底是什麼感覺，郭果終於深切體會到了。

她想問，如果小紅是她，那麼她是誰？可是張了張嘴，卻抖得發不出聲音。

看出她的心聲，唐心訣輕聲回答：「在妳擁有理智、意識、自我認知和思考能力的時候，妳當然還是郭果。」

只有當失去了自我和理智，才會真正如測試所暗示的那樣，成為「小紅」。

郭果一愣，她想到什麼，猛地掏出手機查看身體資訊——

『理智崩塌：你的San值已大幅度下降，四周環境對你而言不再安全。』

已經看過好幾次的字重新映入眼簾，郭果卻如同墜入冰窖。細碎模糊的線索終於隨著唐心訣的陳列串連到一起，把冰冷恐怖的事實呈現在她眼前。

為什麼總是她？

原來從一開始，她就是被選中的獵物。

唐心訣重新在紙上落筆，只不過這次，小紅的旁邊是郭果的名字，兩個名字被拴在一道天秤上，搖搖欲墜。

屬於自己的身分，和滲透而入的「小紅」身分，同時疊加在郭果身上，就像天秤的兩端。

每一次San值降低，每一次出現幻覺甚至崩潰，都會使天秤越來越向「小紅」的方向傾斜。

而當天秤澈底傾斜……

郭果咬住下唇，「到那時，會發生什麼？」

她會變成真正的「小紅」嗎？

唐心訣搖頭：「無法完全確定，不過如果以上分析成立，這應該就是任務物品的隱藏條件，也是測試的隱含邏輯。」

「——小紅的物品，需要由她自己來拿。」

這就是為什麼，她們第二天的尋找一無所獲。

事實上，夜晚小紅的反應已經令唐心訣起了疑心。鬼怪的貪婪暴露出它根本不是真的想讓人幫她找東西，同時卻又毫不擔心她們會找到。

這種情況，要麼是任務物品有陷阱，要麼是任務本身有陷阱。甚至更離譜的情況……

「……張遊說得沒錯，小紅不是人，鬼怪對我們有惡意。」唐心訣目光沉沉：「現在想來，如果我是NPC，我也會這麼做。」

怎、怎麼做？

郭果癱軟下去，在這一刻，她甚至希望自己沒有思考能力，這樣就不會為後續發生的事情感到害怕了。

現在已經逼近下午六點，不到十分鐘，夜晚八點就會再次降臨。拿不到任務物品，她們或許會死，拿到了任務物品，她們或許還是死。

左右都是死？

不……郭果忽然從絕望中意識到，既然唐心訣能分析出這一切，那麼或許也已經找到了解決辦法？

她掙扎起來，抱著最後一線希望問：「那我們，現在能做什麼？」

唐心訣一如既往的溫和，卻又暗藏著某種她聽不懂的銳利：「等待，時間馬上就到。」

「記住，哪怕是在最痛苦的時候，也別忘記妳的名字，別忘記妳是誰。」

這是唐心訣從無數夢魘中總結出的經驗。

不確定有沒有聽懂這句話，郭果的目光呆呆落在正在飛速流逝的電子鐘上，她感覺大腦開始脹痛，耳邊響起熟悉的幻聽，只能用最後一點清醒抓住唐心訣，

「心訣，如果我萬一真有三長兩短，等妳通關遊戲回到現實世界，一定要……」

「一定要什麼？」唐心訣回握住室友的手。

室友氣若遊絲：「一定要刪掉我D槽裡的內容……還有P站帳號……還有雲端硬碟……」

唐心訣：「……放心，妳不會有事的。」

郭果顯然不相信，她悲傷張口還欲說話，聲音卻陡然停止。

從唐心訣的角度看去，郭果目光開始渙散，臉龐不知何時蔓延開不祥的青白色，整個人的氣質驟然陰冷下來。

『健康值-70，獲得負面狀態：生命垂危。』

『理智崩塌（重度）：環境變得對你而言極其危險，某種力量侵蝕了你的意志和自我……此刻的你，還是你自己嗎？』

手機摔落在地，而郭果卻渾然不知，她僵硬地站起來，忽視外界一切，轉頭看向自己的書桌。

郭果似乎被書桌的某個地方吸引了注意力，產生了極大興趣。她直勾勾撲過去，緩緩打開書桌下方的櫃門。

而就在郭果之前產生幻覺時，尖叫櫃中有鬼的地方，此刻靜靜陳列著一樣物體。

看到它的瞬間，唐心訣瞳孔一縮。

那是一顆人頭！

「咯咯咯……」

郭果眼睛裡流露出恐懼，嘴角卻勾起怪異的笑，不由自主伸出手去碰那顆頭顱。

「郭果！」

唐心訣拉住她的時候已經晚了，頭顱落入郭果手中，長長的黑髮被分開，露出下面的面孔——一片空白。

這顆頭顱沒有臉？

「找到了，我找到了。」

郭果癡癡地笑，與此同時，陰冷從她的手臂一直竄到唐心訣身上，冰塊般冰涼黏膩的觸感令唐心訣下意識收手。

她隨即意識到，這股陰冷不只來自郭果身上，而是整個屋子。

寢室內溫度急劇下降，彷彿有一層稀薄的寒霧從地面升騰起來，覆蓋在視線上。而霧氣下方，難以言喻的危險感噴湧而出——

唐心訣猛地一拉郭果，後者被拽得身形踉蹌，手裡的頭顱掉到地上，骨碌碌滾出兩公尺外。

下一秒，她看到頭顱空白的臉上，出現正在咯咯笑的嘴角，然後是皮膚的肌理紋路，再向下……一隻手從頭顱下方的地面裡伸出，五指青白張開。

「親愛的室友，恭喜妳們找到我丟失的東西……」

唐心訣冷眼看它：「妳弄丟了自己的頭？」

那還真是怪不小心的。

人頭上的嘴角沉下來，它沒想到這時候唐心訣還敢頂嘴，在它下方，一條縫隙在地面上無聲裂開，兩隻青白的手摸索著爬出，手臂後是扭曲的瘦長身體。

——和夜晚時「小紅」的身軀一模一樣。

唐心訣能感覺到，隨著地面裂縫出現，寢室與外界，白天與黑夜的某種界線被打破了。

從「小紅」借助人頭在白天進入寢室開始，規則限制對它不再起作用。

這才是整場測試，最大的危險與陷阱。

小紅越爬越快，轉瞬之間大半個身體已經出現在寢室中。與此同時，身軀頂端的頭顱逐漸長出人臉，只是無論眉眼五官，都與郭果越來越像。

而站在唐心訣身旁的郭果，五官卻彷彿被薄霧覆蓋住，越來越模糊。

「為了感謝妳們幫我找到物品，我決定讓妳們永遠留在這裡陪我，好不好呀——」

小紅揚起臉，那上面已經生出一雙眼睛，下一秒，它咯咯笑著睜開眼。

「抓到妳們……了？」

眼前一片黑暗。

小紅笑容一僵，難道被選中者是個瞎子？

隨即它反應過來，不是眼睛的問題，而是有什麼東西蓋在它的臉上，導致眼前一片黑暗。

不僅如此，那東西把它的五官全部扣住，還沒完全生出的五官頓時被阻礙了生長，被迫固定在原地。

小紅：？

它下意識甩了甩頭，然而臉上的吸附力強得超出想像，兩個相反方向的力一挫，登時壓得五官一扁，陷進了腦殼裡。

小紅：「……啊啊啊啊啊！我要殺了妳們！」

在它看不見的地方，唐心訣持著馬桶吸盤，橡膠吸盤嚴絲合縫地扣在小紅的臉上，牢牢抵住它向前爬的步伐。

感受著手中的力量，唐心訣目光冷冽，輕聲細語。

「抓到妳了。」

昏暗冰冷的房間內，一隻爬出一半的女鬼在奮力掙扎，而它臉上扣著一支無情的馬桶吸盤，柄端被一個身型纖薄的少女握在手中。

『馬桶吸盤小兵：有一個得心應手的馬桶吸盤，它對自己的主人也很滿意。使用它，你的行動效率將大大提升。』

此刻，這一異能的效果體現出來。唐心訣感覺自己的力量、速度無形間得到了加強，馬桶吸盤下事物的狀態也傳遞到腦海中，甚至比身體直接接觸還清晰。

「妳怎麼敢！我要殺了妳們！」

小紅淒厲的嘶吼彷彿刀子劃著玻璃，宛若一層層翻湧上來的精神汙染，唐心訣卻無動於衷，手上灌注的力量穩步增加。

小紅越是掙扎撕扯，臉越被死死焊在橡膠頭裡，氣得失去理智卻又掙脫不得。它何時受過這種挫敗？

就在這時，它下半身忽然一沉，彷彿有人一頭撞了上來，差點把它砸回地面裂口下。

「晚晴？」

唐心訣叫出聲。

原來鄭晚晴剛剛轉醒，見到唐心訣正和一個白花花女鬼僵持，身體又沒有力氣，乾脆直接從床鋪滾墜下來，整個人砸到小紅身上，正好把它的臉往馬桶吸盤裡夯實。

「趕快，跑。」鄭晚晴只來得及吐出幾個字，就因衝擊太大又暈了過去。

「……」見下半身無法動彈，小紅冷笑一聲，兩條手臂猛地向前一伸，橡皮筋一般綿延拉長，抬手就要抓向唐心訣！

唐心訣握著馬桶吸盤無法閃躲，卻並不慌張，泠然開口：「妳不要這張臉了？」

小紅動作頓時一僵。

它這才意識到，方才激烈的掙扎已經導致這張臉上五官錯位，別說繼續進化出完整模樣，現在大概和一團漿糊沒什麼差別。

「沒有這張臉，妳能真的進來麼？」

半晌，小紅咯咯笑起來：「妳以為這樣就能阻止我嗎？」

唐心訣也勾起唇角：「那妳怎麼不動呢？」

小紅：「……」

有本事妳把這東西拿下去，再問我這個問題試試？

唐心訣猜得沒錯。小紅想在白天進入寢室，除了需要一個「身分」，還需要擁有真正屬於這裡的面孔，才能被規則承認。

真正要害只有一個，除此之外都是用來迷惑她們感官的虛張聲勢。

她動作的時機正好卡在鬼怪看起來最嚇人，其實也是最虛弱的時候。鬼怪被控制住，果然進退兩難，形勢在轉眼之間反轉。

小紅沉默幾秒，竟然真的不再張牙舞爪，聲音從皮吸盤下擠出來：「妳很聰明嘛。」

換做平常人，這時候要麼嚇得無法動彈，要麼涕淚橫流尖叫逃跑，連攻擊鬼怪的勇氣都沒有，更不用提在幾秒內猜出真相並精準找到要害。

而面前的女生，從拿起這個莫名其妙的東西到扣在它臉上，顯然是早有準備。

唐心訣心平氣和：「人在危險時總會爆發出潛力嘛。」

小紅：「……」

妳分明連手都沒抖！

主動權被迫轉移，它是個能屈能伸的NPC，語氣一變，誘哄道：「妳就算毀掉我的臉，只要天黑前沒把它放到書桌上，也不算完成任務啊。」

「更何況，這個膽小鬼室友除了拖妳後腿還會幹什麼？沒了她，妳以後的考試和比賽都會更加順利，妳難道不想通關遊戲，回到現實嗎？」

「把她的臉給我，我保證不會傷害妳，還會送給妳很多道具……這是一個穩賺不賠的交易。」

為了表示真摯，小紅甚至連五指的指甲都縮了回去，還把暈過去的鄭晚晴抖落到地上：「我只想要一張臉而已，妳同樣能完成任務。相信我，遊戲中沒有任何一隻NPC比我更好說話了。」

它充滿期待等著唐心訣的回應。

黑暗中，只聽到女孩輕笑一聲，「既然談到交易，我就很感興趣了。」

「妳說，連續三天鴿掉約會，或是頂著一張五官錯位的臉去約會，哪個對戀愛比較有幫助？」

小紅：「……」

她陰森森開口：「妳在威脅我？」

「看來這個選擇不太吸引人，那麼第二個選擇：妳的手機被沖進下水道，又或者妳的頭被吸進下水道，妳選哪個？」

小紅尖叫：「妳敢把我的頭塞進下水道試試！」

「又或者第三個選擇……」

女鬼差點跳起來：「妳還有？」

「如果我向妳手機裡的聯絡人同時送出一則簡訊，」唐心訣不疾不徐，「妳猜猜看，我會傳什麼呢？」

「……」小紅反而冷靜下來，冷笑道：「差點被妳騙過去了，妳是活人，怎麼可能用得了我的手機。」

真當她沒有智商嗎？

唐心訣詫異地挑起眉，「這個規則我倒是不知道。」

因為……

她抬起手，古舊的翻蓋手機螢幕上，赫然顯示著正在撥通的號碼：「我的確可以用。」

電話撥通，手機另一端響起中年男人粗裡粗氣的聲音：『陽光超市，白天不外送，美甲沒到貨……小紅？馬的的我正要找妳這個小兔崽子呢！妳傳的簡訊是什麼意思？』

超市內，貨架七倒八斜散落了一地，張遊拖著幾乎沒有知覺的身軀躲在櫃檯下面，櫃檯外是肥胖男人沉重的腳步聲。

「要不是白天我行動不便，早就抓到妳了。躲藏是沒用的，現在乖乖出來，我可以給妳食物，妳現在一定很餓吧？」

說到食物，超市老闆反而吞了吞口水，他目露貪婪，手裡的斧子用力向旁邊一砸，正好砸在櫃檯上。

張遊死死捂住嘴，不讓自己發出半點聲音。

「恐懼、痛苦、饑餓……等我抓住妳，用妳做出來的零食一定很受歡迎。」

超市老闆充滿惡意地自言自語，剛要邁過櫃檯，腳步忽然一停。

咯吱咯吱轉動頭顱，超市老闆露出咧到耳根的笑容：「讓我看看，我發現了什麼？」

肥厚的手掌落下，櫃檯發出即將被掀翻的顫動，張遊運起最後的力氣，準備不顧一切向超市外跑，哪怕黑夜馬上降臨。

「叮鈴鈴，叮鈴鈴——」

突然響起的手機鈴聲轉移了肥胖男人的注意力，他一愣，咒罵著掏出手機：「陽光超市，白天不外送，美甲沒到貨——等等，這號碼，小紅？馬的我正要找妳這個小兔崽子呢！妳傳的簡訊是什麼意思？」

『這不可能——唐心訣！』

短暫寂靜後，另一端爆發出一道直沖雲霄的暴戾尖叫，震得超市老闆手一抖，手機啪嗒一下掉落，正好掉到櫃檯下方。

屏息的張遊看著掉到腳邊的手機，螢幕仍顯示著「正在通話」，尖叫聲還沒結束，卻被熟悉的少女聲打斷：『耳聽為實，現在妳還覺得，我是在騙妳嗎？』

聲音落入耳中，分明是她的室友，唐心訣的聲音！

通話另一端，寢室內。

「妳想怎麼樣？」

小紅竭力壓抑著怒火，畢竟她越生氣，頭與臉就在該死鬼東西的吸力下越扭曲，再歪就硬生生被擰成葫蘆瓢了。

臉不是她的臉，頭卻是她自己的頭！

唐心訣：「首先，我們要通關。」

「人頭到我手裡，就算妳們成功找到失物，等到八點妳們就能成功通關了。」小紅不耐煩地回答。

她之前果然是在撒謊詐人。

「讓我室友張遊安全回來。」

小紅嗤笑：「這可不是我能管的。不過，有妳這麼個神通廣大的室友在，她應該不會有問題。」

「郭果呢？」

「測試結束她自然就好了，不要廢話了，快點放開我！」

唐心訣點點頭：「那道具……」

「妳不要欺鬼太甚！」小紅勃然大怒，它都這麼尊嚴掃地了，這個變態人類還想占便宜占到底？

她剛想破口詛咒，臉卻猛地一痛——光線湧進來，唐心訣拔起馬桶吸盤，同時扔了手機過來。

小紅忙不迭接住，可手在上面剛點了兩下，本就青白色的臉又白了兩分：「妳、妳怎麼敢！」

唐心訣悠悠開口：「這兩天我們寢室承蒙妳照顧，於是，本著宿舍文明守則的要求，團結友愛，互幫互助——作為全世界最好的室友，我決定幫助沉溺戀愛的室友專心讀書，於是特地幫她刪光了通訊錄。我做的對嗎？」

正道的光，照在大地上。

女鬼氣得渾身發抖，抬手就要撕毀約定撲上來，歪斜的餘光卻瞥到一樣東西，整隻鬼一呆：「等等，妳剛才，用來扣住我臉的，是這……個？」

舉起馬桶吸盤，唐心訣溫聲細語：「沒錯呀。」

「……啊！」

前所未有的淒厲叫聲從崩潰的鬼怪口中發出，它身上升騰起陣陣白煙，整個頭在白煙中開始融化。堪稱七竅生煙。

與此同時，時針終於落到八點，光線陡然變暗。宛若考試結束時的鐘聲悠揚響起：

『恭喜，你們已經成功找到小紅需要的物品，小紅也拿到了它，她會感激你們的！』

小紅：「……」

它看起來像是感激的樣子嗎？

可測試規則並不在乎它的想法，所有事物都在這一瞬間被暫停，只有悠揚的聲音繼續：『宿舍全體獲得 Buff：小紅的感激。』

光束從空中落下，落在身形扭曲的小紅身上，似乎要提取什麼。

小紅終於慌了，它拚命調整面部表情，可無論怎麼改都覆蓋著濃濃一層怨憎，無法露出「感激」的表情。／

完蛋！

光束閃了閃，發出電流故障時的滋滋聲。小紅立即痛呼起來，身上白煙冒得更厲害，頃刻之間它徹底融化，只剩一灘黑水和一顆面目模糊的人頭。

『叮，分數核算出現故障……故障已排除，將發放隨機補償獎勵，核算繼續。』

『測試基礎任務完成度：100%。』

『寢室09成員存活率：100%。』

『寢室完整度：70%。』

『測試完成時間2天（少於最長完成時限6天）。』

『基礎得分：67分。』

柔和的白色光束淡化消失，新的金色光束卻投了下來：

『檢測到附加分，核算中。』

『遊戲開始宿舍滿員：+10分。』

『對一名鬼怪型NPC造成毀滅性打擊：+10分。』

『起承點題，符合宿舍文明守則要求：+10分。』

『此次您的「宿舍文明守則測試」，總共得分97分（滿分100），評價等級為：完美！』

悅耳的歡慶音樂響起，屋內的陰冷氣息一掃而空，一個巨大選項彈到唐心訣面前：

『即將開始進行寢室成員個人表現評價，檢測到寢室內成員並不完整，是否開啟評價？』

『是／否。』

唐心訣想都沒想就喊道：「張遊還沒回來！能讓她回來嗎？」

選項閃了閃，字幕竟真的出現變化：

『可消耗一次隨機獎勵機會，使所有寢室成員同時傳輸回宿舍，並恢復滿生命狀態，是否消耗？』

『是／否。』

毫不猶豫點擊「是」，寢室門豁然打開，沒過兩秒，張遊拚命奔跑的身影出現在門外，後面追著一個提斧頭的肥胖男人。

光芒一閃，張遊瞬移到門內。肥胖男人不得不止住腳步，不甘且貪婪的目光在寢室內轉了一圈，猝不及防看到了地上的人頭。

只剩下一顆頭的小紅瞪他：看什麼看！

超市老闆：「……」

他一抬眼，看見一名手握馬桶吸盤的文弱少女。耀眼的高分Buff不要錢般一層層往她身上疊加，少女沐浴在金光裡，朝他友善溫和一笑。

「……」

他臉上肥肉抽搐兩下，腳步後挪，果斷躲回了黑暗。

第八章　宿舍生存專用APP

『宿舍成員個人評價載入中……載入成功。』

『姓名：唐心訣。』

『關卡：宿舍文明守則。』

『輸出：95.9%。』

『抗傷：5%。』

『輔助：45.2%。』

『有效得分：5分。』

『解鎖成就：2個。』

『最終評價：輸出型MVP。』

『最終得分載入……獎勵載入……學生資訊載入……』

『恭喜你，已成為正式學生！盡情享受愉快的宿舍生活吧！』

一道道訊息伴隨機械女音在腦海快速劃過，聲音消失，唐心訣一個激靈，猛然睜眼。

她正坐在書桌前，其他三人圍坐在旁邊，維持著進入測試前的狀態，彷彿離測試開始只是幾秒之前。

然而事實上，她們度過了驚險無比的「兩天」。

剛醒來，幾人都有些茫然，郭果第一時間確認自己的臉還在不在，鄭晚晴舉手臂看自己能不能動，張遊則立即撲回自己座位，撕開一袋餅乾就往嘴裡塞。

剛結束的測試為她們留下了不同的心理陰影，還是短時間好不了的那種。

唐心訣第一個反應是看手機，成為「正式學生」後，主畫面已經從單調的黑白變為紅黑相間，雖然依舊是陰間色調，品質和內容豐富度倒是上了一個臺階。

【宿舍生存遊戲專用APP】

姓名：唐心訣。

寢室：六〇六寢室。

學校：三本大學。

學分：1。

學生積分：18。

除了學分增加一分，資訊欄也有變化。在原本的四個資訊格後，新增了一個【疑難排解】和一個【學生商城】。

唐心訣眼前一亮。

正式學生和臨時生的差別，果然在於遊戲資訊的開放程度。

點進【疑難排解】，索引簡略卻清晰，包含了〔宿舍安全指南〕、〔考試規則〕、〔比賽規則〕、〔學分制度〕、〔線上客服〕等項。

頓了頓，唐心訣挑眉點擊［線上客服］，資訊框彈出來：『申請線上客服需要消耗1學分，是否申請？』

算了，申請一次辛辛苦苦的測試就打了水漂。在她們有足夠學分之前，還是勤儉謹慎為上。

如唐心訣之前所猜，離開遊戲的最終關鍵在於學分。

『寢室全體成員學分均大於等於100時，可開啟結業考試，考試通關即可從遊戲畢業。』

「這、這意思是不是，只要我們積夠一百學分，就能回到現實了？」

郭果揉著臉湊過來，驚呼出聲。

「大概沒錯。」

唐心訣一條條認真瀏覽規則，記在心裡。畢竟正式開始「考試」期間，可不一定有時間再查找。

「快看我們的寢室情況！」

室友喊出聲，只見原本空蕩蕩的畫面裡面，多出兩條資訊欄，分別為［寢室安全狀態］和［寢室成員狀態］。

點擊前者，一個小型的寢室平面圖出現在螢幕上。圖中的寢室門、床位、書桌、衣櫃、洗手檯、洗手間、陽臺等位置分別做了標記，圖示是綠色：『您的寢室現在非常安全。』

後者則顯示了四人的健康值，此時均已恢復為滿格：『寢室成員現在精神飽滿。』狀態旁邊有電話標誌，可以即時聯絡。

「正式版的APP，更像一個遊戲了。」唐心訣低聲道。

只是這遊戲，卻要她們承擔送命的危險來玩。

室友忙著看考試結果。

團隊方面，APP顯示的是：『團體成績97分，獲得【完美】評價，每位寢室成員獲得1學分，9點學生積分，健康值上限增加5，四項體質分別隨機增加1—2。』

『獲得成就：優秀新生Buff（提高抽獎幸運度，在3場考試內持續生效）。』

郭果忽然哀號一聲：「我的輸出只有零．三？可是我差點被搞死了啊，就不能幫我多加點嗎？」

她正在查看個人評價，獲得的最終評價是輔助。

郭果又轉頭看其他人的，鄭晚晴的評價是坦克，張遊的評價是打野。

「無語，這是生存遊戲還是塔防遊戲？」

「生存遊戲也可以是塔防遊戲。」唐心訣打開【學生商城】，看著琳琅滿目的商品，悠悠道：「看來遊戲對我們的期望很高啊。」

打開【學生商城】，寢室陷入一片靜默。

「多功能防護罩、驅鬼黃符、大力丸、精神復原藥劑……」

每一個都令人垂涎欲滴。

唐心訣嘆口氣：「只可惜買不起。」

商品下方的價格，最少也在十積分以上，就連一套《女子防狼術》，也要十五積分。

鄭晚晴憤憤不平：「我也會女子防狼術啊，我還會跆拳道和散打，我可以現場寫書，能換積分嗎？」

「這不是普通的《女子防狼術》，妳看它的分類。」張遊觀察後提醒，「它被分在異能類裡。」

唐心訣：「這應該是技能書。」

故而貴是有道理的。

前一分鐘還為測試獎勵歡欣鼓舞，下一分鐘就只能對著商城裡的高昂價格望洋興嘆，幾人心情十分複雜。

郭果不經意瞥到唐心訣的畫面，頓時忘記唉聲嘆氣，驚問：「等等，訣神，妳怎麼有十八積分？」

她們都只有九分啊。

她馬上明白了原因——MVP獎勵，積分翻倍。

郭果：我常常為自己是個凡人而流淚。

「不過不用擔心，商城頂端有抽獎轉盤，一分有效得分可以抽一次。」唐心訣提醒。

這是除了積分兌換和屬性強化以外，第三個提升實力的途徑，只不過要拚運氣。

郭果頓時打起精神：「我有三分有效得分！」

張遊：「我有一分」

鄭晚晴撓頭：「我零分。」

唐心訣看了看，「這項得分，應該來自於任務關鍵時刻，比如我有五分，分別是找到線索物品、輔助取得關鍵任務物品、對 Boss 造成毀滅性打擊，最後一項直接加了三分。」

從任務角度使 Boss 失敗，加一分。

從精神層面使 Boss 崩潰，加一分。

從身體層面使 Boss 摧毀，加一分。

其他三人：「……」

在她們沒能親眼目睹的時候，小紅到底遭遇了多麼慘無人道的虐待？

短暫的休息過後，眾人決定擇日不如撞日，直接抽獎。

張遊：「我先來吧。」

她在螢幕上點了點，須臾露出一絲笑意：「我抽中一個一次性防護罩。」

一發入魂。

郭果羨慕的雙手合十：「天靈靈地靈靈，這次歐皇行不行！」

一瓶純淨水、一包壓縮餅乾、一份異能……

郭果嗷一聲跳起，欣喜若狂：「同志們，我抽中了一個異能！異能啊！」

從現在開始，她也是有異能的人了！

然而唐心訣在一旁，神情有些微妙：「妳再仔細看看。」

郭果不明所以，仔細一看笑容忽然僵住：『恭喜你獲得異能：陰陽眼。這個異能可以幫助你更好地識別鬼怪，世界在你眼中將更加豐富多彩。』

郭果：「……這個異能是想讓我死。」

在郭果的崩潰聲中，唐心訣也開啟了自己的轉盤。

第一次，積分+1；第二次，一頂毛絨帽子；第三次，積分+1；第四次，一罐蜂蜜……

到了第五次，螢幕終於從白光變為藍光，代表抽中了道具：『一瓶後悔藥（低級）：人生不如意十之八九，乾了這瓶後悔藥，你有百分之十的幾率可以改變過去某個時間的決定。就比如，選擇不再抽到這瓶假冒偽劣藥片。』

「……」

雖然不知道使用起來怎麼樣，但至少有比沒有好。

唐心訣正要收手，卻看見一條新提示：『你有一個隨機獎勵尚未兌換，是否現在兌換？』

對了，唐心訣想起來，測試結束時，由於「小紅的感激」Buff因女鬼抗拒出現故障，變為雙倍隨機獎勵。她把張遊傳回寢室時用掉一個獎勵，現在還剩一個。

『兌換中……兌換成功，獲得Buff「正道的光」。』

這是什麼Buff？唐心訣還沒仔細看，忽而聽到一陣異響。

「咚、咚、咚——」

寢室門外又響起沉重的腳步和拖曳聲，在走廊裡循環。

然而此時寢室內四人經歷過女鬼索命，承受能力拔高了不少，就連最膽小的郭果都毫無反應，沉溺在新異能的悲傷中。

不過門外的聲音倒是讓她冷靜下來，想起了一件事：「對了，心訣，妳的異能是什麼？」

她記得唐心訣開局就有異能，雖然不知道是什麼，但結合對方全程超神的表現，一定很強，郭果羨慕地想。

「哦，」唐心訣抬起手邊的馬桶吸盤，「這個。」

「噗哈哈哈哈，馬桶吸盤異能？」郭果以為她在逗自己，「怎麼可能有這種異能，講笑話還是妳厲害哈哈嗝。」

唐心訣笑了笑，把手機送到她面前。

「叮」一則新訊息彈出。

『熟練度滿，異能升級——』

『馬桶吸盤小兵（2級）：你的馬桶吸盤現在有了新的功能，將使它更加完美。』

郭果：「……」

鄭晚晴和張遊：「……」

靠，還真有這種異能？

那這麼說，在副本中，唐心訣用馬桶吸盤攻擊女鬼……是在使用異能？

眾人：肅然起敬。

「除了異能之外，我還有一件事要和妳們說。」唐心訣打破了空氣中的寂靜，這次，她的聲音格外嚴肅：「關於另一件事，關於這場遊戲，也關於我。」

第九章　四季防護指南

其實在第一場測試前，唐心訣就決定將這件事說出來。不過測試中沒有喘息機會，只能出來再談。

現在是時候了。

「其實，我在一週之前曾夢到遊戲中的景象。」

「不，更準確的說，是三年之前。」

在唐心訣的徐徐陳述中，眾人睜大雙眼。

她們第一次知道，原來唐心訣在三年竟前出過一場車禍。

正是這場車禍，才導致她現在看起來纖薄孱弱，無論怎麼補充營養和鍛煉身體，哪怕練出了遠超同齡人的身手力氣，外表都永遠停留在這樣營養不良的狀態。

也是從那時開始，唐心訣被夢魘和幻覺纏繞，學業生活受到影響，不得不轉了科系，把時間精力用來維護精神安全。

而在她縈繞不散的噩夢中，永遠徘徊著揮之不去的黑暗，各式各樣的怪物，逼迫她在生命危險中逃亡。

「……其中一個最重要的逃亡場景，就是宿舍。」談及這點，唐心訣慎重：「第一天敲門的怪物，曾在夢中出現過，一模一樣。」

接觸即可攻擊，撕碎方能脫身，這也是夢中的潛規則，在這場遊戲中同樣生效。

三名室友久久說不出話，她們怎麼也沒想到，唐心訣強悍的實力後面，竟然還有這一層隱情。

「那妳還夢到什麼？」張遊想了想，挑重點問，「如果這是某種預知夢，那夢中或許蘊含了很多遊戲內容。」

幾人集中精神，唐心訣卻搖頭：「夢的記憶大多是重複而模糊的，我只有在現實中接觸到時，才能回憶起夢境內容。」

「不過我猜，或許就是因為這些夢境，才導致我對鬼怪和危險的氣息比較敏感，有時能忽視規則，直接使用它們的物品。」

郭果緊跟著補充：「還有San值！怪不得妳的San值就像鐵打一樣，我都掉光了，妳還巍然不動。」

原來不是因為她太菜雞，而是因為對比出傷害——隊友強得過於離譜！

「謝謝妳願意告訴我們這些事。」簡單討論無果後，張遊嘆了口氣，「我雖然一直覺得妳有祕密，但沒想到妳獨自承受這麼多……如果能搞懂妳的夢和遊戲的關係就好了。」

連續幾天的噩夢就能讓普通人精神衰竭了，唐心訣忍受了這麼久，精神力卻越來越強，讓人既震驚又欽佩。

「既然它存在，就不會白白存在。」唐心訣微笑起來，「我們總有一天會搞懂它。」

交代完夢境和異能，唐心訣重新拿出手機，把尚處於震撼狀態的室友喚回現實，「不過現在最重要的，是要確認下一步怎麼走。」

【考試／比賽】欄位，已經有了新的提示：『當天測試已完成，你現在正處於休息狀態，明早八點更新考試資訊。』

「現在時間是晚上八點，宿舍安全指南裡說，從現在到明早八點，屬於我們的絕對安全時間，可以盡情休息。」

唐心訣話音落下，寢室裡就響起長長的嘆氣聲，幾人彷彿被抽掉骨頭般軟倒，緊繃到現在的神經終於得到真正的放鬆。

至少，她們今晚可以好好睡一覺了。

夜晚九點。

唐心訣洗漱完畢，確認身上除了肌肉痠痛以外沒什麼受傷，便開始查看異能。

雖然不太願意接受……但馬桶吸盤這異能是她目前手中最好的牌。傷害或許不高，可侮辱性極強。

現在它已經升到二級，介紹顯示有了新功能，唐心訣嘗試感應了一下，發現它的手把頂端多了兩個按鈕。

這就是新功能？

按下第一個按鈕，馬桶吸盤的橡膠頭翕動兩下，「噗」地噴出一道水流，濺在地面上。

『自動沖水功能：疏通前無需手動蓄水，只要按下按鈕，讓你的馬桶暢通無阻！』

唐心訣：「……」

這東西竟然是按照馬桶吸盤的本職功能在升級進化？

她需要的是異能，是武器！就算進化出一個沖水馬桶來有什麼用？

面對女鬼，唐心訣心情平靜無波，但是面對自己的異能，一口老血鬱積在胸口，複雜的心情難以言表。緩了兩秒，她按下第二個按鈕。

下一瞬，馬桶吸盤化作一道白光，沒入她掌心。與此同時，腦海中出現一個卡通版吸盤圖案，顯示它的屬性：

『二級物體類異能，熟練度：72/100，攻擊力：待開發，防禦力：待開發。』

『初級輔助（已開發）：將該異能收回識海，每小時可恢復1點健康值。』

（開發來源：持有者的強恢復特性。）

終於看到有用的能力，唐心訣若有所思。如果物體類異能的開發，是來自於異能持有者本身的特點，那它的判斷方法是什麼呢？

耳邊忽然喧鬧起來，是郭果的喊聲：「我的隨機獎勵兌換了兩點學生積分！」

張遊和鄭晚晴也一樣兌換了積分，雖然數目不多，對於當下來說是一筆「鉅款」，三人頗為滿足。而成功兌換出 Buff 的只有唐心訣一人。

「正道的光？這是什麼 Buff？」

室友湊過來看，卻發現 Buff 上竟然沒有解釋，十分樸實無華地掛在那裡，令人摸不著頭腦。

「有一種 Buff，只有觸發時才會出現解釋。」

既然找不到，唐心訣也不把時間浪費在猜測上，她回到自己座位前，專心研究目前的資訊。

室友們也各自忙碌，每個人都十分珍惜這段休整時間。郭果翻出一大堆靈異書籍，誓要把陰陽眼研究明白，免得下次遇到鬼自己把自己嚇死。

鄭晚晴在練習跆拳道，整個人懸在床上倒掛金鉤，歪頭對室友說：「我感覺自己的耐力和關節韌性好像提高了。」

郭果：「滾啊！妳要把我嚇死啦！」

張遊則花了兩個小時，整理出寢室裡全部的食物和物資清單，滿滿十張紙，用她的印表機印出，人手一份，要求所有人睡前背誦。

眾人：「……」

早上七點五十五分。

唐心訣準時醒來，目光清明。

這是她三年以來，第一次沒做任何夢，一覺睡到天亮。醒來也不再頭疼疲憊，而是耳清目明，身體輕盈，充滿力量。

如果一定要形容這種感受，那只能是……彷若新生。

屋內十分安靜，室友還沒醒。

唐心訣按下翻騰的心緒，拉開床簾，目光卻一怔——

天亮了。

光線並非全部來自寢室裡的燈，而是來自外面。

走到落地窗前，只見陽臺外密不透風的黑暗已經散去，取而代之的是一片茫茫的白霧，覆蓋了視野中的一切，看不見霧中任何東西。

唐心訣下意識將手貼在玻璃窗上，掌心貼合的剎那，窗外的白霧彷彿有生命般湧動起來，對著掌心狠狠咬下！

隔著陽臺窗，她沒有受到實質傷害，只有一股陰冷觸感鑽入掌心，附骨而上，宛若無數個聲音在耳邊同時呢喃。

貪婪、覬覦、惡意、輕蔑……

過了約四五秒，聲音無法滲入她的意識，才不甘地消失。

唐心訣不動如山，冷冷看著窗外。看來無論是黑暗還是白霧，本質都相同，蘊藏著難以言喻的危險。

她面無表情抽回手，手裡白光一閃握住馬桶吸盤，橡膠頭對著窗外白霧吐出一道水流。

「不好意思，你們只配吃這個。」

白霧：「……」

白霧又恢復靜止，彷彿從未流動過。其他室友相繼醒來，見到這景象無一不嘴角大張，紛紛跑來窗前圍觀。直到被唐心訣提醒不要觸碰窗戶，幾人才回過神。

『叮咚咚、咚咚叮——』

一陣音調奇怪的難聽音樂從白霧中傳進來：『快樂星期一，上課時間到，考卷已分發，大家準備好——』

『親愛的同學們，你們今天有努力讀書嗎？』

室友捂住耳朵：「這是我這輩子聽過最難聽的起床鈴，指甲刮黑板都比它好聽。」

「八點到了。」唐心訣打開手機，提醒三人：「這是考試更新的時間。」

匆匆吃完幾塊餅乾當早餐，幾人查看考試資訊。

APP已經更新，最上方列著考試規則：

『週一至週五為學習時間，週末休息。』

『一週內及格課程少於一門，視為全寢室淘汰。』

『一週內及格課程大於等於三門，可在週末報名參加課外比賽。』

『勤奮使人進步，懶惰使人倒退。』

規則下方，三個選項簡潔醒目：

『請從以下考試內容中選擇一項，倒數計時：15分鐘。』

『A卷：《海洋文明簡史》。』

『B卷：《四季防護指南》。』

『C卷：《喪屍圍城之宿舍生存試驗》。』

……首先，C卷肯定第一個排除。

確認過眼神，四人誰也不想體驗一次喪屍圍城，她們只是四個手無寸鐵的大學生，連個菜刀都沒有，怎麼打喪屍？

至於A和B兩項……

「海洋文明簡史，不會讓我們去打海怪吧？」郭果問。

唐心訣在上面一點，選項上出現一條簡介：

『學習歷史的最好方法就是親眼見證，海洋也是這麼想的。』

『注：本卷屬於課程《海洋與人類生活》，可根據考試成績獲得相應課程證書（被當除外）。』

……親眼見證？怎麼個見證法？

唐心訣凝眉：「至少可知，這個副本需要對海洋生物有一定瞭解，以及會游泳。」

而她們四人就有鄭晚晴和郭果兩個旱鴨子，張遊和她的水性也普通，都不適合水下作戰。

「那就只能選B卷了？」

眾人盯住最後一個選項。

『眾所周知，世界上有四個季節，而它們有各自的可惡之處。如何借助宿舍在四季中生存，是每個學生需要面對的問題，也是本場考試的主題。』

『注：本卷屬於課程《學生生存概要》，可根據考試成績獲得相應課程證書（被當除外）。』

「這是什麼鬼——什麼學校需要學生專門學習如何生存？」郭果崩潰抱頭，「我過四季也不需要艱難求生啊！」

「很顯然，在宿舍生存遊戲的學校裡，學生是需要的。」唐心訣心裡有了大概想法，抬頭看向室友，「這個副本裡，很可能會出現極端環境。」

張遊贊同，「而且可能時間比較長，畢竟是『四季』，所以食物也是問題。」

但至少，她們對每個季節可能發生的情況有基礎瞭解，如果是酷暑，寢室有扇子和水，如果是嚴冬，寢室有羽絨衣和棉被。

相比其他兩門，這個主題令人更有安全感。

沒什麼懸念，B卷高票當選。趁著選擇時間還沒結束，唐心訣打開商城，掃視可以用於該考試的道具。

兩分鐘後，她退出商城，手中多了一遝藍色符紙。

「冰凍三尺符，可以指定一平方公尺區域溫度下降五十到七十度並結冰，十積分十張。」

如果是在炎熱的極端環境，說不定有奇效。

其他人也紛紛迅速掃了一遍，眨眼間倒數計時進入尾聲。

『叮，報名成功，考試載入中……』

『四季防護指南考試開始，試卷已開，請大家努力答題！』

這是一個平常的早晨，連陽光也因寒冷而覆蓋一層濛濛霧氣。

冬季總是猝不及防的降臨，不過買個早餐的功夫，外面的溫度已經驟降三十多度，你需要趕快穿過這條走廊，回到寢室。

唐心訣站在走廊樓梯口，手裡握著一杯豆漿和一袋包子，卻感受不到任何溫度。她轉頭看向走廊深側。

——你能成功回到寢室嗎？

「如果沒有第二人稱遊戲旁白，我的成功率應該會上升很多。」唐心訣淡淡開口。

聲情並茂的遊戲旁白：「……」

詭異的畫外音消失，她感覺身上一鬆，恢復行動自由。

看來這次副本是以關卡制開端，唐心訣看著眼前黑黢黢的走廊。這次她一睜眼就站在樓梯口，身上只有一層襯衫和牛仔外套，寒冬的低溫令皮膚瞬間起了一層疙瘩，身體抖個不停。

春夏秋冬，沒想到副本竟直接從冬天開始，是她疏於準備了。

毫不猶豫疾步往寢室方向走，六〇六在走廊中間，快步走只需要十秒左右……然而不到兩秒，唐心訣就被迫停了下來。

一隻手從六〇二大門伸出，抓住她的腳踝。

「救救我，唐、唐心訣……」

抓人的女生抬起頭，是和她們寢室關係不錯的周曉，以前經常去六〇六寢室分零食。

此刻，周曉形容枯槁，身體彷彿被抽乾了一圈，眼球布滿血絲，嘴唇上全是乾燥的死皮：「我已經，五天沒吃東西了，真的快死了……救救我……」

女生目光直勾勾落在唐心訣手裡的豆漿和包子上，淚水從乾涸的眼角簌簌滾落。

唐心訣目光在女生臉上停了半秒，而後面無表情轉頭繼續往前走。

「心訣、心訣！」周曉拽著她的腿不放，苦苦哀求：「我只吃一個包子，或者妳給我點水，一點就行，救救我吧，我才二十歲，我不想死……」

女孩如泣如訴。

唐心訣拔不出腿，又不想對著熟悉的臉捅馬桶吸盤，於是低下頭，對著哭泣不止的女生說：「妳舌頭掉出來了。」

女生愣了下，立即低頭找，發現沒有後剛要抬頭，卻又聽唐心訣道：「真掉了，就在妳脖子下面，馬上要被壓碎了。」

它一驚，瞬間拱起身體仔細看，手也下意識鬆開。唐心訣立即抓住機會邁腿就走，很快把「周曉」甩在身後。

沒過兩秒，身後響起尖嘯，唐心訣如若未聞。

怪物的偽裝在她眼中不起作用，更何況還是夢中出現過的怪物。僅僅一眼，她就明白這是個「老熟人」。

噩夢中，有一種怪物名叫貪食鬼，會幻化出熟悉之人的模樣索要食物，一旦把手裡的食物給出去，會被打上標記。入夜之後，貪食鬼就會沿著標記過來吞食這個人。

僅僅不到十五秒路程，也有這種大坑，唐心訣更不敢掉以輕心。

六〇四、六〇五……到了。

六〇六的門牌下，唐心訣停住腳步。門是虛掩的，可以直接推開。她已經冷到牙齒止不住打顫，卻沒急著伸手推門。

有哪裡不對勁。

已經住了三年的寢室，從走到門口再按下門把手，本該是一個流暢自然的身體記憶，可在伸手之前，她卻感受到一閃即逝的違和感。

門內響起室友熟悉的聲音：「心訣，是妳回來了嗎？」

「門開著，快進來快進來，太冷了，誰有厚羽絨衣？」

「我有我有……」

雜七雜八的對話聲沖淡了門口的不適感，唐心訣皺了皺眉，依舊沒有開門。

頓了兩秒，她從口袋取出鑰匙，放到虛掩門的鑰匙孔外，停放在約五公分距離處。

隔著上半身的距離，她依舊能清晰分辨出，鑰匙和鎖孔的形狀不合。

這不是六〇六寢室！

後退一步，唐心訣找到了不適感的原因：是方向感不對。

轉向身後，在相反的正對面，大門緊閉的「六一六」寢室門上，唐心訣插進了屬於六〇六寢室的鑰匙。

開門的瞬間，身後「室友」的對話聲驟停，下一瞬陰森氣息撲向後背，最終還是沒追上她進門的速度，悻悻消失在門外。

「心訣！妳終於回來了！」

寢室內，郭果和鄭晚晴裹成兩隻企鵝，瞪著圓溜溜的眼睛看她。

乍一看到面前兩個胖團子，唐心訣以為自己還是進錯了地方，反應過來後忍俊不禁，嘴唇卻揚不起來——已經被凍僵了。

室友連忙拿羽絨衣和衣服往她身上套，唐心訣把牛仔外套換成厚毛衣，又飛速套上最厚的一件羽絨衣，戴上手套帽子圍巾，這才感覺自己能喘氣了。

張嘴第一句，她啞聲問：「室內溫度多少？」

室友捧出一塊鐘錶：「現在零下、零下二十七度。」

室內比室外還冷！

這是郭果斥十積分鉅資從學生商城買來的環境測量錶，可以瞬間檢測零上零下一百度以內的溫度，還有簡單的危險預警。

「剛才妳沒進來的時候，這個錶一直對門口響個不停，把我們嚇個半死。」

郭果嘆氣，空中吐出一道白霧。

唐心訣了然：「那不是因為我，而是因為我身後的怪物。不過現在它們已經被攔在門外了……等等，張遊呢？」

現在寢室裡只有三個人，不見張遊的身影。

郭和鄭一起搖頭，「我們從進考試到現在，就沒看到張遊。」

郭果是十分鐘前在洗手間裡清醒的，畫外音讓她撞開被凍住的洗手間門。鄭晚晴的任務則是要疏通被凍住的水龍頭。

唐心訣立即掏出手機聯絡，剛開機，張遊的電話就打了進來。接通後，耳邊響起室友崩潰的聲音：『我又被扔在外面了！』

『等等，我為什麼要說這個又字啊！』

三人十分能理解張遊的崩潰，換做她們只穿兩件單衣被扔到冰天雪地的戶外，心態只會更差。

唐心訣問她：「妳的任務是什麼？」

張遊：『任務讓我找到回宿舍的路，但是外面全是白霧根本看不見路！我現在非常擔心會碰到上次那個超市老闆，走得膽戰心驚，等一下，有人來了……%￥#……&*……』

通話後面變為一串意義不明的電流雜訊，然後中斷。

「張遊真的很倒楣……」室友喃喃自語。就像大家都在重生點，只有張遊次次被扔到野外，運氣之背難以言喻。

寢室門從裡面無法打開，她們無法出門找人，只能隨時等待電話支援。而與此同時，檢測環境溫度的測量錶也發出輕微警報聲，上面顯示的數值赫然已經是零下三十度。

室內溫度仍在下降！

唐心訣：「空調、吹風機、檯燈、熱水袋、熱水卡系統、飲水機加熱……所有和用電相關的都不能用，我們只能人工取暖。」

她們能找出來的只有一盒生日蠟燭和火柴，取暖作用十分有限。

「其實零下三十多度，在東北的室外並不算最低氣溫，最北端的漠河可以達到零下五十度以下。尤其室內沒有風雨雪等因素影響，比室外更容易忍耐一些。」

唐心訣把衣服、羽絨衣都疊在床鋪被子裡，減緩它們凍硬的速度。她總結道：「真正可怕的，在於我們不知道室內溫度會下降到什麼程度，也不知道它何時停止。」

剛進門時，室內溫度以一分鐘一度的速度飛速下降，到達零下三十度後，開始減緩為五分鐘一度。

「再這樣下去，等到一個小時後，屋內就是四十度了。」郭果從小在四季如春的城市長大，從沒體驗過這種嚴寒，有種連大腦也一起凍住的錯覺。

如果真的降到六十度以下，那她們誰也受不了。

「必要時，我會直接使用冰凍三尺符。」唐心訣開口。

室友：「我們都這麼冷了，還要降低溫度嗎？」

她解釋：「冰凍三尺不僅會讓溫度瞬間降低，還會附帶結冰效果，由它製造出的冰塊是零度。」

這也是為什麼，寒冷地區有人會建冰屋住，冰的溫度實際上比環境溫度要高很多，還能起到防止熱度流失的效果。

郭果哭了：「……從沒想過有一天，我會覺得冰很暖和。」

一小時後，上午十點。室內溫度零下四十二度。

為了抵禦寒冷，三人開始瘋狂做熱身運動，用身體創造的熱量來抵消凍僵感。沒過多久，室友相繼放棄，被唐心訣拖起來繼續跳。

「必須堅持，累了就吃東西補充熱量。」唐心訣十分冷酷。

兩小時後，中午十一點。室內溫度零下四十八度。

郭果裸露在外的皮膚已經出現凍傷，不得不鑽進被窩縮成一團，哀號聲從被窩內傳出：「我的健康值已經降了！」

「我的也是。」鄭晚晴眉毛上結滿冰霜。

『輕度凍傷：你的體溫開始緩慢下降，已經無法再維持你的活動需求。每小時健康值-2。』

唐心訣眉心緊皺，視線盯著手機螢幕，然而另一端的張遊並沒再打來電話。

她感覺，似乎有什麼資訊被她遺漏了。

如果這場考試只能依靠寢室物資硬抗過去，那麼對於從開始就被分配到外面的張遊來說，豈不是必死局面？

一個平衡的遊戲系統不會出現死局。除了硬抗以外，多半有其他方法度過這次的極端環境，這就代表，她們身邊肯定有某個尚未觸發的線索。

片刻後，唐心訣忽然起身，從門口開始，對整個寢室進行地毯式搜查。她們所有的活動範圍是寢室，如果有線索，那它也一定在寢室內部。

距十二點還有五分鐘，室內溫度零下五十度。

鄭晚晴披著棉被練蹲下起立，宛若一隻不斷塌縮又膨脹的大型企鵝。她忽然停下，湊到郭果床邊搖晃她：「醒醒！妳不能睡覺！」

郭果睜開沉重的雙眼：「我這是大腦自動冬眠……」

「刺啦——」巨大響聲打斷她們的對話，讓兩人腦子同時一清。

忙了整整一個小時的唐心訣，竟然硬生生挪開了張遊的床鋪，連同書桌一起向外推移兩寸，又搬走旁邊的飲水機，讓牆角露出一大半。

「找到了。」她眼中終於露出一絲笑意。

牆角藏著一個巴掌大小的黑色收音機，款式老舊，一看就不是寢室成員的原本物品。

「這是？」室友探頭看。

唐心訣將收音機挖了出來，「這應該是考試道具。」

打開收音機調頻，約兩分鐘，一道聲音響起：『……各位同學們好，這裡是學生會電臺，我是記者小明，相信你們已經發現了，這個星期一註定是不平常的一天，我們學校迎來了氣溫驟降，預計在今晚八點將降溫到零下七十度，請同學們做好防寒措施，按照規定待在宿舍，凍死者需清理到門外，學校衛生人員會來收集……』

零下七十度？

此刻三人心裡的溫度比外面還涼。

收音機裡的聲音又繼續介紹情況，大意是鼓勵學生用恒心和毅力抵抗嚴寒。說了半天廢話後，才話鋒一轉：『當然，很多同學可能要問，為什麼這次冬天，學校沒有進行取暖抗寒措施呢？』

『請不要擔心，這就是今天學生會將帶領大家一起嘗試解決的問題。那麼首先，我們要先隨機採訪幾位違規出行的同學，問一下他們對於此次冬季降溫的感受。』

幾秒嘈雜後，講話人換成一個女生：『大家好我是學生會記者莉莉。我旁邊這位同學在降溫期間並沒有按照規定待在宿舍，屬於重度違規行為。讓我們來採訪一下：請問妳為什麼選擇在外逗留？』

半晌，被採訪者幽幽回答：『……我出來買早餐，迷路了。』

寢室內，三人精神一凜，這赫然是張遊的聲音！

『啊，那妳真是幸運，』只聽莉莉咯咯笑了兩聲，『畢竟按照規定，所有違規同學都要被集中處理。但是現在，妳有一個機會避免受到懲罰，只要妳能配合採訪答題，並幫助我們找到暖氣失靈的原因。』

『我們學生會也是費了好大力氣才得來這次的採訪機會。如果妳回答失敗，就很遺憾了——』

沒有給她任何反應時間，莉莉用飛快的語速問：『妳知道此次暖氣失效的原因嗎？』

『我雖然不太清楚，』張遊咬牙回答，又連忙補充：『……但我的室友或許知道，我可以打電話聯絡她們問。』

『場外求助嗎？這倒是個好方法，只不過因為天氣太冷，同學們的手機已經自動關機，妳好像無法聯絡她們呢。』

莉莉揚起尾音：『除非，妳的室友能在廣播時間內主動撥打電臺熱線過來，採訪才能正常繼續。』

『不過——採訪時間有限，我們只會等待三十秒。』

張遊急忙追問：『可是電臺未必能被所有人收聽到，你們要不要再確認一下，或者我可以在附近找一個電話亭……』

『現在只剩二十秒了。』莉莉笑嘻嘻打斷她，『我們沒有收到任何電話哦——』

張遊：『可，你們沒有說過電臺的號碼！』

『還剩十五秒。』莉莉甜膩的聲音透出一股與年齡不符的虛偽和冰冷，『我們不需要提醒，學校裡所有學生都知道該怎麼聯絡我們，這是再正常不過的事，不是嗎？』

看著「學生會」的笑臉，張遊心裡一片冰涼。

只有她能看到，這些學生的後腦上，和上個副本的超市老闆一樣，長著第二張人臉。

它們根本不是人！

而現在，對方顯然篤定，根本不會有人打進這個電話來。

時間一秒一秒流逝。

『……七、六、五，嘖嘖，看來很可惜，讓我們把話筒遞給下一位同學……』

一陣悅耳的鈴聲忽然出現，莉莉的笑聲戛然而止。

『叮咚。電臺熱線來電，已接通——』

「你好。我是張遊的室友。」

一個溫和清冽的聲音響起。

古舊的收音機沙沙作響：『採訪時間有限，我們只等待三十秒。』

「三十秒！我們要抓緊時間！」

聽到張遊說想求助室友，郭果和鄭晚晴把被子一掀撲到收音機前，然後馬上發現：她們根本不知道該怎麼聯絡這個電臺！

連電話號碼都沒說，擺明是故意挖坑。答不答得出問題是另一回事，如果不能成功打電話過去，那她們就連為張遊拖延時間的可能性都沒有了。

三人之中，唐心訣沉默不語，視線凝聚在收音機上。

『現在只剩二十秒了。我們沒有收到任何來電哦——』莉莉甜膩的聲音伴隨著咯咯笑聲，絲毫不掩飾語氣裡的惡意。

收音機裡，張遊焦急地為自己爭取機會，卻只得到冰冷的回答。

『——我們不需要提醒，學校裡所有學生都知道該怎麼聯絡我們，這是再正常不過的事，不是嗎？』

這句話縈繞在耳邊，唐心訣目光一動。

下一刻，她拿起手機撥出一串數字。室友驚異地問：「妳怎麼知道電臺的號碼？」

「在學校裡，學生會無人不知無人不曉，那麼一棟宿舍的樓梯間裡會張貼出它的聯絡號碼，是正常不過的事。」

遊戲果然不會給出完全無解的死局。回憶著剛剛走回寢室時，走廊兩邊牆上懸掛的各種海報，唐心訣按下撥通號碼：「三分之一的幾率。」

臨時記憶只能記住一部分，唐心訣一共能想起三串號碼，卻記不住它們分別屬於什麼社團和活動。在倒數計時結束前，她們只有兩次試錯機會。

所幸，第一次嘗試，連線接通的聲音就響了起來。

接電話的人是莉莉，或許是隔著不穩定的電磁波，她的聲音隱隱有幾分磨牙：『你好，這裡是學生會。』

「我是張遊的室友。」唐心訣聲音一如既往的溫和，「我剛剛聽了廣播，你們會為我們解決暖氣供應問題的，是嗎？」

面對突如其來的反客為主，電話那邊一噎，莉莉準備好的措辭被堵住，假笑兩聲：『當然了……畢竟學校可不會坐視學生們全部凍死。只不過，能否找到解決方法，還要取決於同學們給的答案是否正確。』

僅僅透過採訪，讓學生回答幾個問題，就能改變暖氣供應？從現實角度，這顯然是不成立的邏輯。

因此只有一種可能——這是考試的關卡任務之一。

唐心訣毫不猶豫答應下來：「好。」

『叮咚，任務提示：請配合學生會的廣播，尋找暖氣失靈的真正原因，幫助全校同學度過大降溫之夜。』

『若任務完成，冬季將提前結束。』

觸發新任務！

寢室內幾人交換了下變亮的目光，便聽到電話另一邊發問：『那麼，親愛的同學，妳的名字是什麼呢？』

「唐心訣。」

『很好，我們會記住這個可愛的名字。那麼接下來，相信妳一定能幫助妳的室友回答這個問題——妳知道此次暖氣失效的原因嗎？』

面對問題，唐心訣沉吟兩秒：「我可以提供幾個想法。」

「首先，暖氣主要透過電力設施提供，並且從宿舍內所有電力能源全部失效來看，暖氣供應失敗，可能是校內的電路出現問題。」

『很好。』莉莉迫不及待打斷：『這就是妳的答案嗎？』

不等莉莉繼續說話，唐心訣語速清晰毫不停頓繼續道：「當然，作為一所為學生考慮周到的大學，肯定不會只簡單依靠電力能源來維持冬季暖氣供應這一複雜工程。」

莉莉：『……』

「因此我更偏向於，校內的管路也出現故障。因為早上時，我的室友不得不疏通被凍住的管道。所以很有可能是管道堵塞，導致無法提供熱水和暖氣等保暖措施。」

『哦——那麼這就是唐同學的答案——』

「以及，綜合以上兩點後，我又得出了一種新的可能性，就是從生物以及人工角度出發。因為這場降溫來得太過突然，很多人在沒有做好保暖措施的情況下被凍在戶外，所以也有可能是負責的工作人員不小心受到凍傷等意外傷害，進而影響了學校的暖氣供應。」

唐心訣一秒停頓都沒有，宛如念稿一般流暢，一氣呵成說完三點。

『……所以，妳的答案到底是什麼？』莉莉的聲音有竭力壓抑的暴躁：『唐同學，我們電臺時間是有限的，請妳給出一個明確的答案。』

「冷靜，莉莉同學。」唐心訣反而微笑起來，「我最終的答案是，出於物理性、生物性、巧合性等多種因素相結合，導致今天的暖氣供應遭受了不可抗的延遲，但是相信學生會肯定有方法儘早將其解決，以上。」

『……』

『嗯，嗯，好吧，我們已經收到妳的答案。既然如此，就讓我們期待它是否正確吧。』

電話被粗暴掛斷，顯然對面已經連陰陽怪氣都懶得做，澈底不想再聽唐心訣講話了。

寢室安靜片刻，直到收音機重新開始沙沙作響，室友們才從愣怔狀態回過神，問：

「這些資訊……是妳從哪裡發現的？」

相比之下，她們好像過了假的四個小時。除了「我靠冷死了」之外，竟然一無所察。

唐心訣輕吐出一口氣：「現編的。」

三年文組加上三年的中文系，依靠著就算一個題目都不會也要把卷面飛速答滿的技能，她臨時總結出的三點，幾乎涵蓋了所有可能性，多少都能擦點邊，簡稱打太極。

室友：「……」

無以言對，只能拍手。

接下來，收音機裡，學生會又開始採訪下一個人，莉莉假笑著問：『依然是同樣的問題，學生會希望你能在三十秒內給出答案。』

吃了唐心訣的教訓，他們這次增加了時間規定。

『我、我……』第二個男生幾乎是結結巴巴把唐心訣的話重複了一半。

他講完，莉莉愉悅地笑起來：『呀，真是可惜，你與上一位同學的採訪答案重複了百分之三十以上，回答無效——』

『不，我還可以再說一次，不，唔！』

掙扎兩聲後，男生沒了聲息，遠處隱隱有女孩子驚恐的抽泣聲傳出，是下一位被採訪者。

收音機外，郭果小聲開口：「後面這幾個被採訪的，是真的學生，還是？」

如果是真人，說明這場考試裡不只她們一個寢室，還有其他「考生」，甚至可能有的人在開頭環節就遭到淘汰了。

唐心訣眉心緊蹙，「七成以上的可能，他們和我們是同類。」

至於所謂的學生會，則百分之百不是人。

後面又採訪了四人，能聽出都是大學生，聲音裡有著壓不住的恐慌，被淘汰時的掙扎聲嘶力竭。而裡面最冷靜的，竟是張遊。

最終，只有張遊和一名男生以「天災導致怪物出世破壞暖氣設施」這一答案成功生存下來。

寢室內這才微微鬆了口氣，透過說話狀態來看，張遊此時應該有了保暖措施，暫時沒有凍傷的危險。

莉莉用甜膩的聲音拿起話筒：『那麼接下來，就是我們的實地考察時間——』

『兩名同學都給出了十分可靠的答案，從中，學生會檢測出了四個可供選擇的考察地點，它們分別是——』

『一，發電室；二，供水室；三，工作人員休息室；四，學校沼澤。』

『然而，很可惜的是，我們每次只能選擇一個地點考察。先去哪裡？後去哪裡？哪裡才能找到真相，又或者……一個都沒有？選擇權交給收音機前的同學們！你們的票數，將決定最終的地點！』

『友情提示：投票時間只有三分鐘哦，每位同學僅可投一票——』

收音機陡然安靜下來，似乎在等待什麼。

唐心訣最先反應過來，「我們要立即選一個選項，然後把簡訊傳送過去。」

郭果通紅的鼻頭猛抽一口氣，睜大眼睛問：「如果選不出來，會怎麼辦？」

「如果選不出來，就會被『其他同學』決定選項。」

唐心訣臉色凝沉的時候，身上散發出一股生人勿近的氣質。郭鄭兩人清楚，這是她在快速思考問題時的表現。

唐心訣的確在思考。

無數種可能性在她腦海裡交織呼嘯，塑造又剝除，一一衍生出相應答案。

學生會的語言陷阱，資訊又太少，四種選項對應她和另一個男生提出的四種可能性。從某種程度上，她的答案拓寬了選擇空間，但前提是，其中要有正確選項。

假設其中真的有正確選項，想選出來，還需要經歷投票環節，投票的主體是誰？和她們一樣被拉入生存遊戲的「考生」還是和「學生會」同類的存在？

如果是前者，那麼正確率無疑會提高，因為她們的目的相同——在被凍死前結束這場凜冬。

而如果是後者……它們的目的，顯然和他們截然相反。

前者向生，後者向死。整體局勢在腦海成型，唐心訣心中一鬆，頓時有了計畫。

她讓室友掏出手機：「我的回答中，涉及到的前三個位置選項，我們一樣投一個。」

「啊？」郭果茫然，「這樣不是選不出來了嗎？」

「不需要我們選。」唐心訣按下傳送鍵，目光清冽：「會有人幫我們選。」

——『叮咚，三分鐘時間到！』

莉莉的聲音有些興奮，她似乎還咽了下口水，才讀出結果：『讓我們看一看，呀，有整整百分之七十五的觀眾選擇「學校沼澤」，百分之十五的觀眾選擇「發電室」，百分之八的觀眾選擇「供水室」，還有僅僅百分之二的觀眾選擇「工作人員休息室」。』

『看來，結果已經顯而易見了。』她咯咯笑起來：『我們第一個實地考察的地點，將會是「學校沼澤」！』

『那麼，讓我們一小時後見吧——』

「靠，怎麼還要再等一個小時？」

要不是擔心這個老舊收音機撐不住，鄭晚晴都想伸手把它拍飛。

她們現在冷得快沒有知覺，又痛又餓，一想到還要再硬生生等一小時，就感覺一陣窒息。

「話說，這個學校沼澤，有可能找到真相嗎？」郭果滿腹憂慮。

唐心訣斬釘截鐵：「不可能。」

「……」這次郭果真的要哭了，「真、真的嗎？這是壞消息吧？」

如果她沒看錯，唐心訣的表情似乎鬆了口氣？

郭果不懂，鄭晚晴就更不懂了，兩個室友縮在羽絨衣和棉被裡，瞪著迷茫的黑眼珠望向唐心訣。

「四個選項中，沼澤是最不可能正確的一個。」唐心訣解釋。

唐心訣的答案，至少還是根據早晨三人的任務和宿舍情況總結出的，那名男生的答案顯然是胡編的，只是語氣佯作鎮定才被判定通過。

如果是參與考試的學生投票，哪怕盲投，也不會把票投給這一項。

「但現在，最離譜的選項，卻以七成以上的票數壓倒性勝出。這說明什麼？」

室友想了想，臉色漸漸發白：「說明……他們不想讓正確答案被選出來？」

投票者是故意投錯的？

第十章　學生票選

「靠！故意投錯？」鄭晚晴暴躁拍桌：「他們想讓我們被凍死？他們還是人嗎？」

暴躁完，她卻發現兩個室友都沉默不語。唐心訣眸子沉靜，似乎早有預料。而郭果則面色煞白，不知是凍出來還是嚇出來的。

她逐漸意識到不對，「我哪裡說錯了嗎？」

「嗚嗚，妳沒說錯。」郭果欲哭無淚，「因為很明顯，他們真的不是人啊！」

能在這裡投票的，要麼是正在闖關的學生，要麼是ＮＰＣ。而遊戲裡她們遇到的ＮＰＣ，幾乎全都是小紅、超市老闆，還有學生會這種充滿惡意的存在。

用後腦勺想，也知道它們肯定更願意看到學生被凍死。

後知後覺反應過來，鄭晚晴感覺脊背一陣發涼：「那我們還有希望嗎？」

唯一的任務線索，都在一群ＮＰＣ的操控下把他們當猴耍，那豈不是隨時可以將學生搞死？

這次，唐心訣的回答也很堅決：「有。」

甚至當下情況，在她判斷中是最好的情況之一，僅次於投票者全員為正常考生。

室友：？

唐心訣不疾不徐：「最差的情況，其實是四個選項票數相差無幾，這樣無法從票數上得出任何消息。」

「像現在這樣，只能代表大多數投票者為NPC，而NPC與普通考生不同的是，它們瞭解很多學生不知道的考試資訊——比如，哪個答案最有可能正確，哪個答案一定錯誤。」

「在此條件下，為了讓我們死得更快，就會出現一種票數比例——錯誤選項票數最高，正確選項票數最低。」

唐心訣抽絲剝繭般的分析下，室友的眼睛漸漸亮起：「也就是說，『學校沼澤』肯定是錯誤答案，而票數最低的『休息室』，反而是最有可能正確的！」

「沒錯。」唐心訣點點頭。

NPC的惡意投票，一邊是挖坑，另一邊也讓正確答案不費吹灰之力就浮上水面。

學生會一次只會考察一個地點，第一次很可能會調查失敗。她們需要等待的，是第二次投票機會。

「可是，」郭果忽然想到一個問題：「就算有第二次投票，投票者裡也有這批NPC吧？萬一它們還是故意投錯誤選項呢？」

兩方人數懸殊，她們豈不是要一直被牽著鼻子走。

「到那時，就是拚主觀能動性的時候了。」

唐心訣笑笑，她不太擔心投票一事，相比之下，即將到來的沼澤考察，讓她心中的危險預警更加強烈。

「風雪怪物出世影響暖氣供應」這一答案，如果衍生出某個結果，那十有八九和「怪物」脫不了關係。

她們在寢室尚不用直接接觸，可張遊卻有直面危險的可能。

下午兩點，室內氣溫零下五十四度。

收音機咯吱兩聲，莉莉再次出現：『叮咚——還活著的同學們大家好，這裡是學生會考察現場。』

妳也知道時間越久考生傷亡就會越多，這是巴不得我們早點死吧。

三人一臉冷漠。

『哇，從這裡可以看到，整個沼澤都被冰面封住，宛若一面巨大的黑色鏡子。嘻嘻，真是美不勝收……』

經過其他記者提醒，莉莉才從廢話轉回正題：『咳咳，那麼接下來。就請給出這個答案的孫同學，親自去沼澤內探索，並將結果彙報給我們——』

『等等，只有我一個人過去嗎？』另一個男生驚慌起來，『裡面太黑了，而且上面只有冰，萬一冰破了……』

『孫同學，這是你自己給出的答案，當然要由你一個人去檢測正誤。』莉莉貼心回答。

見男生還要掙扎，她的聲音陡然冷下來：『當然，如果你堅持不配合，我們也只好使用強制手段了。』

說完，收音機裡有幾秒的混亂和痛呼，很快，莉莉捂嘴笑的聲音響起：『剛剛發生了某個小意外，不過現在已經恢復正軌啦。孫同學現在已經進入考察地點，他正走在冰面上，我們可以聽到他的腳步聲，哦，孫同學的腿在微微發抖，看來他對自己的答案不是很自信……』

『啊，』她聲音一頓，帶著詭異的興奮：『冰面裂開了！』

寢室內，每個人的表情都不是很好。

學生會應該是將話筒綁在那個男生身上，在收音機前，可以清晰聽到沼澤冰面上發生的一切。

一開始，只有男生的急促喘息和冰面的緩慢咯吱聲傳過來，然後，話筒裡忽然有了咕嚕咕嚕的水聲和翻湧聲。

可冰面上，怎麼會有水聲？

唐心訣眸色沉鬱：『除非，冰下面有東西在跟著人游動。』

——還是一個足以穿破凝固沼澤的龐然大物。

『喀嚓——喀嚓——』

數道裂縫突然出現，男生腳步一僵。

『呀，冰面裂開了。』

緊接著，在莉莉幸災樂禍的解說中，腳步聲陡然變快，彷彿男生正在冰上急急奔跑，而在他身後，冰面碎裂聲不斷疊加，冰面下的咕嚕聲也越來越大。

忽然，男生爆發出一聲慘叫，然後重重跌倒在冰面上，身體還在拚命往前挪。

『嘭！』這是另一樣重物落在冰上的聲音。

『嘶——嘶嘶——』這是它在冰上滑動的聲音。

過了四五秒，男生的聲音沒再出現，只剩下某個物體沉重的摩擦和蠕動聲，最後重新沉入沼澤。

唐心訣閉了閉眼睛，重重呼吸兩下，不讓反胃感湧上來。

隨即她取出馬桶吸盤，在書桌上重重一敲！

表情痛苦而茫然的郭果和鄭晚晴身體一抖，清醒過來。

她們剛剛隨著收音機裡的聲音，被陰冷黏膩和身臨其境般的緊張痛苦包圍，差點喘不上氣，胃裡也翻湧不止。要不是被唐心訣突然敲醒，不知道要沉溺多久。

鄭晚晴伸出手，上面的血痕在低溫下迅速凝固。她剛剛竟在無意識中把自己的手摳破了。

郭果努力吞咽兩下，還是沒忍住，彎腰乾嘔起來。

【寢室成員狀態】欄位，除了唐心訣，每人都增加了不同程度的負面狀態。最嚴重的則是張遊：

『精神受損：你的健康值-10，San值有所降低。』

『直視巨怪：免疫力-5；耐力-3；反應力-3。你的體質大大降低，環境對你的危險度增加了。』

即便沒有正面接觸怪物，只隔著收音機接收資訊，也可能受到傷害。

必須立即做決斷，不能跟著對方的節奏走。唐心訣心中有了決定。

電臺還在繼續。

莉莉的聲音十分滿足，帶著彷彿飽餐過後的饜足感：『看來很可惜，孫同學的答案並不正確，暖氣供應問題毫無進展呢。張同學，妳覺得呢？』

不等張遊回答，她又自顧自說：『不過都不重要啦，讓我們來看看下一個要去考察的地點是哪裡吧！』

『一、發電室；二、供水室；三、休息室。選擇權在收音機前的同學們手中，那麼，投票開始——』

鈴聲打斷了莉莉的聲音，她一僵，『誰打了電臺連線？』

一陣窸窸窣窣聲後，莉莉接通來電，聲音透露出不情願：『呵呵，看來同學們對電臺的反應很踴躍呢，讓我們看看這次來電者是……』

「妳好。」收音機前，唐心訣握著手機，語氣平靜。

「……」莉莉想立即掛掉。

又是一陣窸窸窣窣，她最終還是忍了下來，假笑著問：『妳好，請問突然聯絡我們是因為……』

「事態緊急。」唐心訣打斷她，「我剛剛發現，工作人員休息室有異常情況，裡面很可能就是解決這次問題的真相。」

『這樣啊——』莉莉拉長語調，『可是考察地點只能透過投票選出，所以很可惜……』

「可今天學生會的目的，不是解決暖氣供應問題嗎？」唐心訣又一次打斷她，語氣卻不急不躁：「從邏輯上講，應該是過程服務於結果。」

莉莉：「……」

她現在是記者，她不生氣，忍！

『呵呵。』電話那邊冷笑一聲，『可妳怎麼證明，妳說的一定是正確的呢？妳的分析依據在哪裡？』

「有人托夢給我。」唐心訣毫不猶豫。

「我有一個朋友叫小紅，我們的關係非常好。她恰好對此次事件有所瞭解，於是在剛剛托夢給我，告訴我解決關鍵就在休息室。眾所周知，好朋友是不會騙人的，所以這個答案一定正確。」

學生會：『……』

全程看她面不改色編完的室友：「……」

莉莉忍住爆粗口罵人的衝動：『這個理由好像可信度不是很高呢。』

等等，先前叫小明的學生會記者忽然插話：『我好像的確記得有小紅這麼個同學……』

莉莉尖叫：『你閉嘴！』

「當然，我也支持公平決策。如果有誰有其他提議，可以同樣透過打電話的方式反映，我不介意現場辯論。對於不知道該怎麼聯絡電臺的同學們，也歡迎致電七五四三……」

沒來得及阻止，莉莉只能眼睜睜看著唐心訣把電臺電話號碼一口氣說了出來。

「畢竟，如果只有我一人打電話，而其他人只需要傳簡訊，無法判斷投票者的身分，如果有人偷了幾十個手機投票，未免太不公平不是嗎？畢竟——我們的『任務』是相同的。」

重音強調最後一句話，不給對方反駁的機會，唐心訣直接掛斷了電話。

她在賭，賭那些NPC只能透過投票的方式渾水摸魚，而不能直接干涉考試內容——但是真正的學生可以。

同時，也是賭遊戲規則的平衡性——哪怕是學生會，也肯定受到某些層面的約束和壓制。例如，不可以拒絕學生的主動致電。

又例如，不能透過拒絕合理要求的方式，阻礙任務完成。

他們有意模糊淡化這一點，唐心訣卻不會忽視。剛剛那番話也不是說給學生會，而是在試探可能以某種方式覆蓋的遊戲規則。

收音機裡，學生會一方陷入長長的沉默。

半晌，小明開口：『關於這一問題，我們還需要進行商討，判斷它是否更有利於尋找暖氣供應問題。請大家再等一個小時，謝謝。』

唐心訣知道，她賭對了。

只有在被抓住痛點，無計可施的時候，對方才會用拖延時間的方式，儘量增大他們的損失。

最好在這段時間裡，他們全被凍死，這樣學生會就可以按照原本的流程走了。

眼見電臺就要又一次暫停，連線鈴聲再次響了起來。

莉莉無法忍耐的尖叫聲從遠處傳來：『還有完沒完了！打你&*%$#@……』

小明：『抱歉，現在記者情緒有點失控，唐同學，請問還有事嗎？』

收音機前，唐心訣挑起眉。

她現在好好坐在這裡，根本沒打電話。

下一秒，電臺響起一個陌生的女孩的聲音：『你好。我不是唐同學，我姓劉。我打電話來是想支持唐同學的建議。我也認為，下次考察地點應該是工作人員休息室。』

小明：『……好的，妳的意見我們會記住的，再見。』

掛斷電話，連半秒間隔都沒有，鈴聲又一次響起。

『我也支持她們的意見。』這次是個憨厚男聲：『對了，學生會能提供點熱水袋和保暖裝備給我們嗎？實在不行，燒盆木頭到門口也可以啊，畢竟你們是那個什麼，為學生服務……』

學生會：『……』

一個小時的時間，在連綿不絕的電話中飛快過去，他們甚至連一句結束都沒來得及說，就被新的來電話連線淹沒了。

就連郭果和鄭晚晴也參與進打電話隊伍中，聽到學生會吃癟，她們連受凍的痛苦都暫時忘記，長舒了一口鬱氣。

下午三點，電話連線終於暫停。

小明迫不及待把話筒轉給莉莉，『經過商討，我們決定採納唐同學的建議，這次的實地考察直接去工作人員休息室！』

『幸運的是，休息室就在學校沼澤附近，所以我們很快來到了這裡。』

莉莉努力恢復職業假笑：『可以看到，休息室內沒有燈光，窗戶裡漆黑一片。真奇怪，難道工作人員不在裡面嗎？』

『接下來，就請張遊同學進入其中，為我們查探真相吧！』

漆黑的房屋前，張遊深吸一口氣。

學生會分發的保暖裝備讓她渾身沉墜墜喘不過氣，但確實很有用，至少現在能在凜冽極溫中正常行走。

學生會的人在身後陰森森看著她，這讓張遊想起了前一個男生在冰面上被拖入沼澤的場景。

隔著漆黑沼澤上的霧氣，只能隱約看出那是一個既像巨型泥鰍，又像黑蛇的怪物。人類的力量在怪物面前微弱得不堪一顧，男生連反抗掙扎的力氣都沒有，就直接被吞沒消失了。

張遊甚至不記得他的名字，但掙扎時的絕望、冰冷、劇痛和失去意識的僵硬，彷彿順著霧氣傳導到她的感官中，令人四肢灌滿寒氣，思緒驚悸難安。

張遊努力讓自己冷靜下來。

她知道，唐心訣不會做無用的事。既然「逼迫」學生會把考察地點選擇為這裡，說明這裡多半有能幫助她們通關的契機。

集中百分百的注意力，張遊推開休息室的門。

『好的，張遊同學已經到達休息室門外，讓我們祈禱她不會太怕黑……怎麼不走了？』莉莉捏著嗓子提醒：『難道張同學想臨時放棄嗎？本著人道主義精神，我們也不是不可以接受。畢竟，到底是違規的懲罰更嚴重，還是答題失敗的結果更殘忍？嘖嘖嘖，這就需要同學們自己尋找答案了。』

張遊依舊沒說話，足足好幾秒，她猶豫的聲音才傳出來：『我想聯絡一下我的室友。』

莉莉：妳場外求助上癮了？

『不可以！』她想都沒想就尖叫起來，然而唐心訣的電話比她更快，連線已經自動接通。

「請轉告張遊，我在這裡。」

隔著電話，唐心訣如同鎮定劑，讓張遊緊繃的神經頓時放鬆了一點，但她還是遲遲沒繼續行動，似乎腦中在做什麼掙扎。

唐心訣立即察覺到室友的異常，對學生會說：「我要和我室友視訊。」

莉莉：「……」

這是真把它們當工具人，呼來喚去了？

『不可以。』學生會毫不猶豫拒絕：『沒有這種規定。』

「可我的室友患有先天性色弱。」唐心訣也毫不猶豫。

莉莉冷笑：『休息室裡沒有光線，色弱不影響她的行動。』

「除此之外，她還患有黑暗恐懼症、幽閉空間恐懼症誘導的心臟抽搐併發症、多次身體骨折導致四肢不協調後遺症，並且曾經有癲癇發病經歷、因重度色弱導致的間歇性視力失明——綜上所述，從嚴格意義上來說，我的室友，一個重度殘障人士，現在並不算一個完整的人。只有我們連線視訊，我負責幫她看路，我們合作才能完成一個正常人類的行動模式。」

唐心訣對答如流。

忽然多了十幾項疾病，被迫成為殘障人士的張遊：『……』

學生會：『……』

場面僵持了約半分鐘，另一邊才十分不情願地滿足了這個要求。

莉莉惡狠狠地提醒：『只留給妳們一個小時，超過這個時間，依舊算妳們失敗哦。』

終於成功連接視訊，唐心訣能感受到張遊的手微微發抖，沒時間交談，她立即讓對方調轉手機鏡頭，眼前多出一片黑暗。

濃稠，冰冷，隱藏或者說彙聚在面前的屋子裡，讓人瞬間想起了第一天，遊戲降臨時宿舍外化不開散不去的黑暗。

張遊輕聲開口：『這場考試開始前，我從商城內兌換了一個限時道具，它可以提醒我周圍的惡意。』

如果說在「學生會」旁邊，它提醒的惡意幾乎滿溢。那麼在這個休息室的門口，它差點直接在張遊口袋裡自爆。

這也是張遊不敢動彈，必須和唐心訣等人視訊的原因。

幽靈鬼怪藏匿於黑暗，而眼前的黑暗究竟有多少非人伺機窺探，她幾乎不敢想像。

而此刻寢室內，正在凝視手機螢幕的不只唐心訣一人，還有瑟瑟發抖的郭果。

『陰陽眼（初級）：它可以幫你更好地分辨鬼怪，世界在你眼中將更加豐富多彩。』

這是郭果剛擁有的陰陽眼能力，用在此刻簡直是天選外掛。

她咬著牙看了半天，顫聲道：「我感覺裡面全都是影子，左邊也有，右邊也有，一個堆著一個……」

這屋子裡到底有多少鬼啊！

「沒關係，妳只負責看到什麼說什麼，順便鍛煉經驗——畢竟不用實戰的鍛煉機會不多。」安慰完郭果，唐心訣開口對張遊說：「後退，然後向左走，現在可以進門了。」

隨著刺耳的摩擦聲，休息室的門被徹底推開，比室外更低的寒溫令人狠狠打了個寒顫。

「不要回頭，不要向任何一側看，直視前方，繼續左轉。」

張遊依照耳邊的聲音，轉身。

唐心訣：「向前，那裡是牆體，應該有燈的開關。等等，妳在抖，為什麼？」

室友深吸一口氣，竭力控制嗓音：『我聽到身後有人叫我的名字。』

「不要相信，那不是人。」

『可是……』張遊咬著牙，『聲音越來越近了。』

一開始是在遠處，每喊一聲就離她更近一點，而剛剛的喊聲……分明在她身後！

唐心訣瞇眼：「蹲下！」

張遊迅速下蹲，一道冷風從原本頭頂的位置颳過，伴隨潮水般飛速褪去的呢喃，屋內重歸寂靜。

心幾乎要跳出胸腔外，張遊感覺身上出了一層冷汗，在寒冷天氣下迅速和皮膚黏在一起，十分難受。

「那應該是長舌鬼。」唐心訣簡潔解釋。

其實噩夢中的怪物並沒有名字，是她自己根據它們的特徵取了這些稱呼。

長舌鬼，顧名思義，可以說話，模仿人的聲音在黑暗中呼喚，但本體只有一條細長的舌頭，專門埋伏在人身後吞食頭部。

張遊緩了兩秒，忽然皺起眉，嗅了兩下：『我好像聞到一股奇怪的味道。』

『很臭，很酸，有點像死老鼠，但……』她話音微凝，『還有血腥味。』

方才站的時候沒感覺，直到蹲下，才在靠近地面的空氣中聞到異樣。而且這味道似乎均勻分布在房間內，捕捉不出方向。

「找不出方向，那就是到處都有。」唐心訣淡淡開口，「長舌鬼常出沒於屍堆裡，這屋子裡應該有好幾具屍體。」

張遊：「……」

別用這種平靜的語氣說這種話，她也會害怕！

好在唐心訣沒有繼續描述，郭果也小聲補充：「左右有很多影子，但是剛剛那個，長舌鬼撲過去的地方，它還在那裡，旁邊影子好像格外多。」

唐心訣若有若思，然後忽然指揮張遊沿著長舌鬼剛剛撲過來的方向走。

「長舌鬼是少數有智商的鬼，它們應該會守著光源，阻止妳過去。」

按照要求，張遊把螢幕上唐心訣的臉正對著黑暗，小心翼翼問：『這樣會提高我規避危險的機率嗎？』

唐心訣：「不，這樣它們撲上來的時候，我們會更清楚看到它們的模樣。」

張遊：哭了。

郭果：「……」

也哭了！

話雖如此，當張遊成功挪到光源附近，隱藏在黑暗中的鬼怪一擁而上時，唐心訣和郭果還是第一時間判斷出最不危險的行動方向，幫她左躲右閃。

『你正受到某些存在的侵蝕，健康值-10。』

『你的精神正在遭受持續攻擊，San 值快速下降中。』

『你已獲得負面 Buff：血流如注。』

『你已獲得負面 Buff：凍傷。』

黑暗中的怪物是不可能全部躲避的，它們層層疊疊湧上來，讓張遊本就被大幅削弱的體質雪上加霜。唐心訣眉心緊蹙，在最短時間內分辨每一個鬼怪幽靈。

突然，她彷彿看到什麼，目光一銳，厲聲喊道：「迎上左側那個大腦袋！撞過去！」

張遊其實根本看不見哪裡有「大腦袋」，她憑藉本能撲向左側，而後便寒毛倒立感受到一股濃重的惡意。

只不過，這股惡意針對的並非是她……而是她手中的螢幕？

寢室內，唐心訣放下手機，馬桶吸盤握在手中，把兩個身臨其境上躥下跳的室友推到遠處。

「這種幽靈叫幻魔，它有借助電子用品穿越空間的能力。」

郭果和鄭晚晴：！

能借助電子用品穿越？

那手機……

說時遲那時快，話音未落，一隻枯瘦漆黑的手猛地從手機螢幕上伸出，直勾勾向唐心訣抓了過來！

『叮咚，受到高階鬼怪攻擊，觸發被動 Buff：正道的光。』

『正道的光，照在大地上！』

一道耀眼的金光從唐心訣身上爆發，將方圓幾平方公尺的距離照得恍若烈日當頭，不過兩秒又一閃而逝，消失得乾乾淨淨，彷彿從沒出現過。

而恰好伸出了一整節的枯瘦手臂，猝不及防被活生生烤成了焦黑手乾，掉下兩粒碎渣。

在它搖搖欲碎之前，唐心訣按下馬桶吸盤按鈕，從橡膠頭裡滋出一股水，落在手臂上瞬間結冰，把它變成一截長冰棒，啪嚓掰下來放到一邊。

目睹這一切的張遊無聲地張了張嘴，在她那邊，形勢陡然發生變化。

「正道的光」的影響不受手機螢幕限制，它爆發出的瞬間，張遊附近的鬼怪也退後了好幾公尺，她趁機摸到牆邊，找到了燈的開關。

同一時間，收音機裡響起莉莉驚訝到不經思考的聲音：『她竟然沒死……咳，張同學竟然成功了？』

「啪嗒。」

開關被張遊用力按下，冷白的燈光照亮了休息室。

借助黑暗遊走的生物消匿於光線下，而室內的景象，也清晰落入所有人眼中。

儘管有了心理準備，看到眼前的景象，四人胃裡還是一陣翻湧。

破舊荒蕪的休息室內，橫陳著四具冰凍的屍體。

每具屍體上都有被撕扯和吞噬的痕跡，紫黑色的血液潑灑在地面，上面覆蓋著一層厚厚的冰霜。

這也是為什麼，張遊分辨不出屍臭和血腥味的方向，因為血液和殘肢碎片充斥屋子每一個角落。

『真是出人意料。張同學竟然成功來到了考察地點內部。』

學生會等人姍姍進門，看見張遊還好好活著，頓時大失所望。

莉莉乾巴巴拖長語調：『不過，進入休息室僅僅只是開始，還需要在室內仔細考察才行。記住，我們時間只有一個小時哦。』

張遊隱忍地看了他們一眼，沒有說話。默默邁動腿，忍著胃液上湧依次走到四具屍體旁邊。

「把手機放近一點。」唐心訣專心致志觀察現場。

噩夢中比這反胃的場景數不勝數。唐心訣幾乎沒受到干擾，很快辨認出：「這四個人都是身材高大的成年男性，死亡原因應該都是凍死，身上的傷是死後被黑暗生物撕扯出來的。」

後面還有話，唐心訣沒說。

正常的屍體，不可能短時間內彙聚這麼多黑暗生物。更何況剛剛那些東西中，有一些對屍體沒什麼興趣。

更大的可能，它們是故意被放在此，不知是為了摧毀現場，還是為了阻止前來尋找的人。

但無論是什麼原因，唐心訣知道，她的確誤打誤撞猜對了一部分答案。

「暖氣故障的真相就在這裡。」她輕聲開口，「四具屍體，就是負責暖氣供應的工作人員。他們身上服裝統一，掛著工作牌，又都在這間工作人員專屬休息室裡，顯然是準備好要工作的。」

但是在凜冬到來之前，他們遭遇意外，紛紛凍死。暖氣供應自然無法再施行下去。

「不過……」唐心訣皺起眉，「這裡本來應該有五個人。」

桌子上的保溫杯是五個，屋內的椅子有五個，地面上還有一個被封在冰裡，落單的員工識別證。

莉莉慢吞吞開口：『唐同學的視力……很好嘛。』

唐心訣沒有理她，對張遊說：「去窗邊看看。」

房間有四扇窗戶，張遊推了三扇，都是封死的，而且封死的方向是從外到內。只有到了最後一扇時，張遊一用力，窗戶就「啪嚓」往下掉碎渣，慢悠悠開了一條縫隙。

「看來第五個暖氣工人就是從這裡離開的。」看著這扇明顯被暴力破壞過的窗戶，唐心訣得出結論：「或者說，只有第五個人成功逃出生天。」

張遊將唐心訣的話重述了一遍，轉頭看向學生會。

對方擠出一絲虛偽的笑，用驚訝的語氣對著話筒說：『哎呀，原來我們學校的暖氣工人真的出了意外。這就麻煩了，沒有暖氣工人，暖氣供應該如何進行呢？』

說完，莉莉又像模像樣觀察一下屋內，發問道：『更奇怪的事情是，暖氣工人怎麼會突然被凍死呢？難道是可怕的怪物？還是壞心眼的學生？這真是個值得探究的問題。』

唐心訣冷笑一聲：「那妳自己探究吧，不要浪費我們的時間。」

莉莉：『……』

『呵呵，』她吃吃地笑：『親愛的同學，難道你們不想配合學生會考察了嗎？』

「哦？」唐心訣反問：「如果我沒記錯的話，我們的任務應該已經結束了吧？」

張遊精神一振。

唐心訣語調清晰：「從一開始，我們的任務就是幫助你們成功解決暖氣供應問題。這個過程分為三部分，第一，推測原因，提出假設，確定考察地點；第二，實地考察，如果推測正確，探索出暖氣供應失敗的原因；第三，找到解決暖氣供應的方法。」

學生會：『……沒錯，那你們都完成了嗎？』

「當然。我們已經給出了正確的答案，找到了正確位置，發現暖氣供應失敗的正確原因來自於工人橫死……」

莉莉緊緊追問：『那解決辦法呢？』

「五個工人，死了四個，跑了一個。解決辦法當然是找到跑掉的那個啊。」唐心訣理所當然回答。

有理有據，邏輯完整，令人無法反駁。

『那麼，』莉莉還不死心：『要怎麼找到最後那名工人？』

「那就是你們的事了。」唐心訣溫聲細語，「發現現場的第一時間，學生會就應該上報或者派人去找，按照你們的能力，找一個工人應該輕而易舉吧？如果找不到，我就要懷疑，是不是你們故意不想解決問題了。」

先把帽子扣到別人頭上，讓想扣帽子的人無從下手。

當然，她也並非無的放矢——學生會的要求顯然已經大大超出考生的能力範圍，難道要她們這些被困在宿舍的人去追蹤供工人嗎？

一切基礎邏輯之外的事情，包括工人為什麼會凍死，剩下的工人跑到哪裡等等，都與她們無關。

果然，隨著學生會的沉默，任務提示聲再次響起：『叮咚！任務已完成，暖氣供應恢復流程被觸發，請在宿舍內等待降溫結束！』

心上石頭落下，眾人終於放下心來。

學生會不得不放棄挖坑，宣布她們成功。沒了興致，他們連偽裝的語調都省了。

莉莉抓著話筒，陰森森地走流程：『恭喜妳們，成功幫助我們完成了實地考察。儘管妳們又懶又陰險，但很顯然，學校是寬容且仁慈的……鑑於這點，我們決定送妳們一個禮物，親愛的同學，妳們想要什麼呢？』

說不激動是假的。尤其是剛剛脫離危險心神俱疲的時候，忽然得到結束和獎賞，張遊頓時感覺連學生會後腦的第二張臉都沒那麼嚇人了。

她看向學生會提供的獎勵選項，裡面有「學生會的讚賞」、「一件隨機道具」、「一個考試提示」……五花八門，令人一時間難以抉擇。

正在恍惚，手機裡突然響起唐心訣嚴肅的聲音：「讓張遊先回宿舍！」

聲音傳進耳朵，張遊頓時一激靈，腦袋裡的昏沉感一掃而空，想起自己現在的處境。

莉莉捂嘴咯咯笑，精心打理的捲髮一顫一顫：『這也算是一個禮物哦。』

垃圾學生會，竟然在這裡也挖了坑！

如果剛剛選了其他禮物，張遊就失去回到寢室的機會。要不是通話中罵人學生會能聽見，寢室這邊早就開罵了。

「讓張遊回來。」唐心訣沉聲敲定。

『確定嗎？那就滿足妳們這個願望。今天的學生會廣播到此結束——』

郭果忽然出聲：「等等，你們還沒說什麼時候能恢復暖氣供應呢！」

『啊，我沒說嗎？』莉莉佯裝驚訝，這才慢悠悠講：『夜幕降臨之前，溫暖將重新降臨，但學生會相信，同學們一定能堅持到入夜，對吧？』

說完，收音機「刺啦」一聲，只剩下廣播關閉後混亂的訊號聲。

沒過兩分鐘，寢室門被大力推開，張遊跌跌撞撞進來，手無力地指著自己臉上的面罩。

幾人連忙七手八腳幫她扒下來，張遊已經憋氣到發青的臉才露出來，顧不得冷空氣對胸腔的傷害，用力呼吸幾口，才虛弱開口：「給我點吃的……」

下午四點，氣溫零下六十度。

寢室裡所有的被褥和床墊都被拿下來，全部堆到寢室中間的地面上，加上桌子、椅子的圍疊，建出一個厚厚的小型帳篷，四人躲在帳篷裡。羽絨服穿一件披一件，所有露出來的皮膚全遮住防止凍傷。

吃飽喝足，四人決定就這麼抗過最後的時間。

唐心訣取出那截凍成冰棒的幻魔手臂，頗感興趣地研究起來：「這還是我第一次看到它們的肢體以這種形式存在。」

這還要多虧「正道的光」Buff，否則她雖然有辦法將其擊退，卻未必能得到這麼完整的標本。

「等等，從這條手臂來看，它是有實體的，那到底算是幽靈還是怪物啊？」郭果把自己縮成一團，彷彿這根手臂隨時會破冰復活，又忍耐不住好奇心，小聲問道。

唐心訣仔細想了想：「嚴格來說，黑暗生物除了極少數，是無法主動離開黑暗的。但如果依託某種能量或物質，比如冰、水、火，甚至電子訊號，都可以讓它們短暫以實體形式出現。」

「更何況，這只是它一根被烤焦、失去力量的殘肢，在成渣之前被冰凍住，正好保存下來。」

唐心訣又讓馬桶吸盤噴出一股水流，水在半空中飛快結冰，掉下來後變成一摸一樣的冰柱。她把兩個冰柱相敲擊，純冰的冰柱啪嚓一下碎裂，而包裹了幻魔殘臂的冰柱完好無損。

「看，附魔武器形成。」唐心訣舉起冰柱開玩笑。

鄭晚晴的眼睛卻騰地亮起：「如果把它們綁在身上，是不是就刀槍不入，可以放心衝鋒了？」

幾人：「……」

妳這個想法很野啊。

郭果幽幽開口：「如果有那麼一天，請離我三公尺遠，免得我San值先掉光，謝謝。」

張遊忍不住笑，但是嘴一彎就牽動傷口裂開，只能繼續自閉。

下午七點，室內溫度達到零下六十八度。

『中度凍傷：健康值-20，你的健康值將以每10分鐘1點的速度下降。』

一天提心吊膽的疲憊，加上低溫下身體僵硬，幾人昏昏欲睡。哪怕知道健康值不斷降低，也沒有力氣去管了。

極端環境的困境，就在於人的身體往往比想像的還要脆弱。

但它的希望也在於，人的生命力比想像得還要頑強。

唐心訣將馬桶吸盤收了起來，如果仔細感應，能看到腦海裡同時存在兩個標誌，一個是卡通吸盤，一個則是淺金色的「正道的光」Buff。

而此時，應該是已經使用過一次的關係，Buff的顏色比之前暗淡不少，看來它有非常嚴格的使用次數限制，只能作為暫時性輔助。

想要在一次比一次危險的考試中安全通關，破局的關鍵，還在於提升自身實力：五維屬性……以及異能。

這樣想著，唐心訣扶著頭，在鋪天蓋地的沉重感中緩緩閉眼。

『……叮咚，暖氣已恢復，在你們的努力下，冬季已成功度過……』

『考試進度：25%。』

一片寂靜中，唐心訣睜開雙眼，下一秒，眼淚流了出來。

不是因為悲傷，而是因為汗水隨著睜眼滲進眼角，被酸痛感刺激出生理眼淚。

唐心訣艱難伸出手，抹掉臉上水珠，然後用力將身上的被子掀翻。

太熱了！

再晚一分鐘，她可能就會在厚厚的被褥裡直接悶到窒息，還沒開始考試就一命嗚呼。

被子一掀開，灼熱的空氣撲面而來。唐心訣低頭一看，她正躺在床鋪上，身上仍然穿著羽絨衣，一重重衣服幾乎有五公斤重，沒悶死真是奇跡。

其他人呢？

這個念頭升起，提示聲同時出現：『叮咚，透過你的不懈努力，冬季已經結束。但因為暖氣工人沒控制好火力，暖氣供應過度，導致夏季提前到來，請控制好室內溫度，努力生存！』

……好傢伙，冬天之後直接夏天？

四季順序打亂就算了，這個原因是什麼鬼——暖氣供應過度？

無語幾秒，唐心訣翻身下床，把險些悶死的室友一一救了出來。

「啊啊啊！」

郭果一醒來就瘋狂脫冬季衣褲，儘管上一個季節她還吸著鼻子發誓自己寧可活在極度炎熱環境，也不想被低溫凍死，但現在——

「熱死我了熱死我了熱死我了！」

再看溫度檢測錶，指標已經撇到了截然相反的方向：三十七度。

唐心訣抿了口水：「如果只停留在這個溫度還可以忍受，但按照冬天的經驗，溫度肯定會不斷攀升。」

話音方落，下一秒，測量錶指針就又向上移了一格。

眾人：「……」

把厚重衣物全部換成短袖短褲，汗流浹背的幾人才鬆了口氣。

「一個很糟糕的消息。」張遊檢查完水龍頭，神情嚴肅：「我們沒水了。」

這次罷工的不僅是空調，還包括寢室的水龍頭。寢室內可用的水，只剩下飲水機上的半桶，還有從商城抽獎得到的幾瓶瓶裝水。

高溫之下，身體水分會迅速蒸發，用水量比平時提高十倍都有可能，更別提清洗和降溫用水的需求，這點水根本撐不了多久。

凝重的氣氛中，唐心訣取出馬桶吸盤。

「噗嗤」——一股清水從橡膠頭噴出。

幾秒後，她遲疑開口：「這算水資源嗎？」

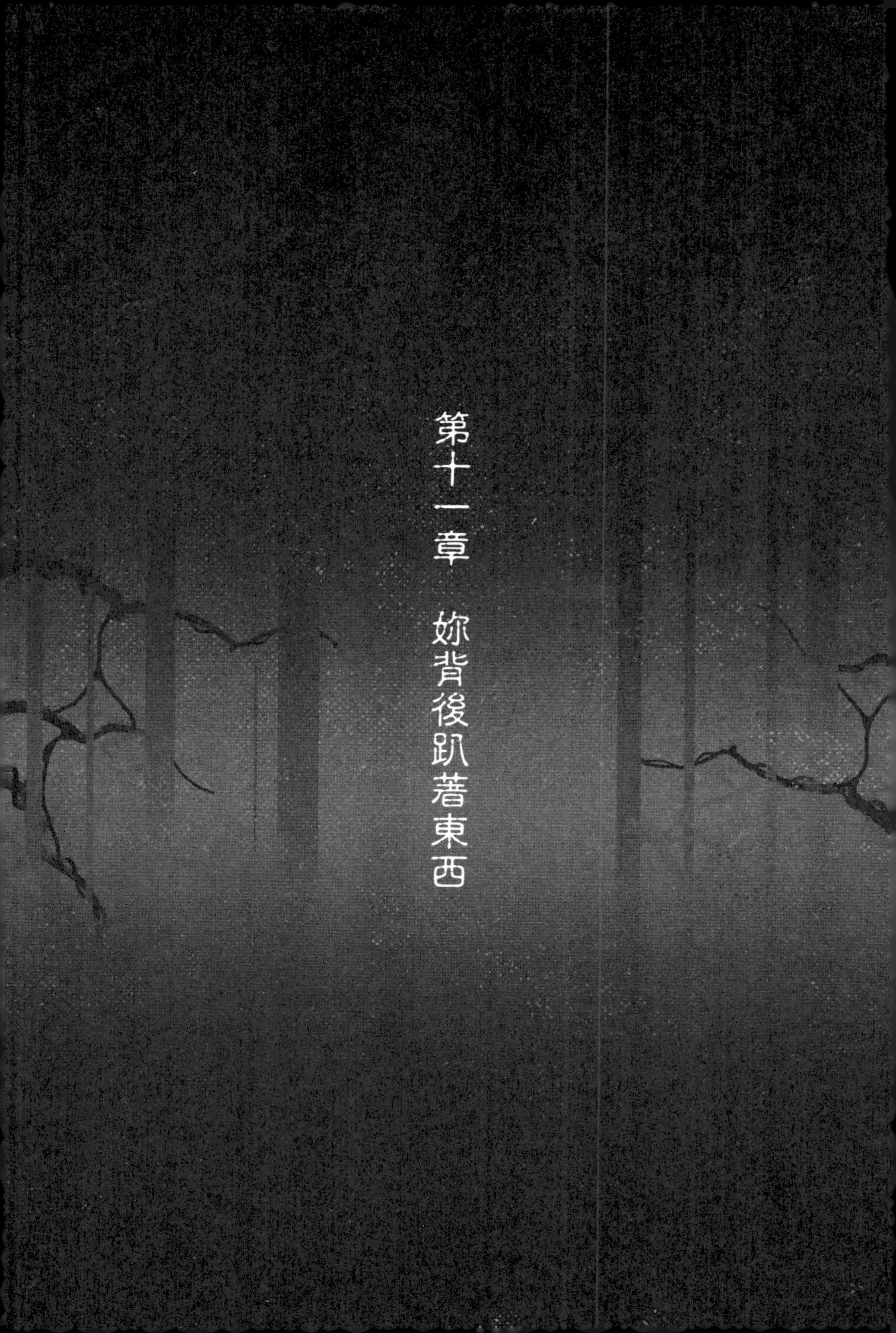

第十一章　妳背後趴著東西

「嚴格來說，沖水馬桶裡的水，和洗手檯水龍頭裡的水，是來自同一個供水管道。」

詭異的沉默中，張遊率先開口。

她神情嚴肅，以一個後勤部長的眼光判斷：「如果這支馬桶吸盤提供的水，和沖水馬桶是同個性質，那麼同樣可以儲蓄起來當日用水。」

「從另一個角度看，馬桶吸盤本質上是心訣的異能，那麼異能創造出的水，有可能是純淨度更高的可飲用水。」

總之，無論怎麼分析，馬桶吸盤裡的水都有很高利用價值。

半晌，其他人弱弱同意：「有，有道理……」

只是，一想到水來自馬桶吸盤，包括唐心訣在內，哪怕能克服心理障礙，也不禁有種一言難盡的詭異感。

誰能想到，世界上不僅有一種異能叫做馬桶吸盤，而它的重要功能之一，竟然是提供日用水呢？

將物資細細清點一遍後，眾人有些欣慰地發現。寢室內飲用水大概夠四人普通情況下喝五天左右，各種食物加起來省著吃，差不多也能吃一週。

最重要的是，唐心訣三人在遊戲降臨那一天，剛好去超市採購了一大批物資，其中就包含足足兩大袋，四五種水果。

蘋果、橘子、柚子、葡萄……想到裡面飽滿的水分，幾人都忍不住咽了咽口水。

「高溫水果很容易腐爛，我們最好先吃完。」唐心訣拎出一個橘子剝皮開始吃，果肉裡噴薄的漿液有效緩解了口乾舌燥。

把水果當早飯吃完，氣溫已經升高到四十度。趁著沒有熱到難以行動，幾人又按照上個「季節」的經驗，迅速把寢室從裡到外搜查一遍，但還是只有一個已經調不出任何頻道的收音機。

難道這次只能硬抗了麼？

唐心訣拿出一個水盆，一直用馬桶吸盤向裡面噴水，很快積滿一整盆，然後把溫度測量錶放在裡面，測出為二十五度常溫。

「從理論上講，只要馬桶吸盤不壞，我們就會一直有常溫水可以用。」

甚至如果室內溫度太高，她可以直接滿屋子滋水降溫。

簡單粗暴，但有奇效。

把還掛著冰渣的幻魔殘肢扔到水裡保鮮，唐心訣開始逐一往寢室所有水盆裡滋水。

現實中，她們所處的這座城市位於中部偏南，夏天雖然算不上十分潮濕，但也絕不乾燥。

然而此刻，隨著時間一分一秒過去，空氣裡的水分被高溫抽乾了，每個人都感受到難耐的乾燥感，對水的渴望放大到前所未有的高度。

郭果坐在水盆旁鹹魚癱：「我錯了，我再也不吐槽我們學校夏天潮濕了。」和乾到快裂開相比，潮濕點算什麼！

「這還只是開始，今天有我們難受的。」

唐心訣換了身涼爽衣服，開始吃葡萄。處於這種極端環境，她看起來也像個斯文清秀，弱不禁風的小女孩。即便是朝夕相處的室友，也很難把她和手撕怪物的凶殘風範聯想在一起。

「妳說得對。」鄭晚晴一骨碌跳起來，「我們不能現在就認輸。不就是熱麼，高中老師怎麼說的，心靜自然涼！我們要積極給自己心理暗示，這樣才能提高身體耐力。」

半小時後，鄭晚晴的積極暗示不下去了，皮膚出汗的地方像剛從水裡撈出來，不出汗的皮膚又乾裂得驚人，一張嘴嗓子就冒煙，猶如戴上痛苦面具。

「給我，口水。」她虛弱伸手，和郭果搶飲水機裡最後一口水。

中午十一點，室內溫度升高到四十八度。

「據說有的城市，夏天最高溫可達到四十多，甚至將近五十度。雞蛋敲在馬路上可以直接煎熟。」

為了避免運動變熱，四人選擇各自一盆水一把扇子，靜靜躺屍，在如同蒸籠般悶熱的空氣裡喃喃自語。

郭果雙目無神：「妳們看，我們現在，像不像即將被煎熟的蛋？」

唐心訣輕笑一聲，她的目光一直落在APP的【寢室成員狀態】欄位，此時終於微微閃爍，道：「我們的健康值變了。」

郭果淚流滿面：「嗚嗚嗚，不用看也知道，剛落了一身凍瘡，又馬上暴烤，現在肯定傷上加傷……」

「不，是回升了。」

「嗚嗚……嗝？」

室友紛紛垂死病中驚坐起：「什麼？」

看到各自的身體資訊，幾人才確認，健康值不僅有所增加，還增加了不少。

凍傷負面狀態消失，目前尚未有新負面狀態出現，再加上幾個小時裡，根據各自體質的緩慢回升，健康值紛紛脫離警報區，順利摸到綠線邊緣。

畢竟，和攻擊性極強的寒冷相比，高溫只要沒高到瞬間烤傷皮膚，還可以用水苟一苟。

「如果我沒猜錯的話，這一季節最難熬的不是炙熱，而是缺水。」

唐心訣有些莞爾。

沒想到誤打誤撞，在馬桶吸盤新功能面前，這個極端困境變得形同虛設。

極炎高溫，竟恰好成為她們喘息歇憩的緩衝階段。

下午三點時，溫度升高到五十四度。

「訣神！我需要妳的馬桶吸盤！」

「別聽郭果亂嚎，我手背裂了先給我！」

對於馬桶吸盤供水，室友已經接受得毫無壓力，用了一次就想用第二次，儼然把那塊曾經暴打鬼怪的橡膠頭當成了即時水龍頭。

最重要的是，無論環境溫度升到多高，它出的水永遠都維持在二十五度，淋在皮膚表面，簡直是神一般的降溫外掛。

至於唐心訣準備的十張冰凍三尺符，直到六十度，才用出了第一張。

「啪！」

無視了彷若融化一切的極炎高溫，僅剩的幾瓶瓶裝水瞬間結冰，連帶附近一平方公尺範圍內所有事物也覆蓋上一層厚厚冰霜。

復活了。四人心中只有一個念頭。

穿上被冰凍過的薄衫，冰冷和餘溫雖然加起來只能維持不到半小時，但熬到入夜已經足夠。

『中暑：炎熱使你的身體機能開始紊亂。』

『烤傷：高溫使你皮膚生出水泡。』

『皸裂：當你皮膚開始龜裂，上面最好沒有什麼傷口。』

入夜時分，一個個負面狀態悄然出現，昭示人的身體已經進入瀕臨負荷的極限。

「訣神，妳說，我們明早一覺醒來，是會成功通關，還是因為沒及時補水而被烤死呀。」

室友暗啞的聲音惺忪微弱。唐心訣舉起吸盤向空中滋了一口水，水滴像雨水一般落在幾人身上，又在皮膚表面蒸發。

「睡吧，停損點很快就會到了。」

平衡規則下，考試不可能把溫度升高到如沸點之類，普通人完全無法生存的度數。大概，會在八十度之前停止增長，或者……直接結束。

如唐心訣所料，十點整，溫度檢測錶忽然一停，指標在熾獄般的高溫中竟開始緩緩下移！

『叮咚，暖氣供應已得到控制，溫度成功得到調節，從現在開始，溫度將變為令人舒適的常溫狀態，春季到來。』

提示聲令神智混沌的幾人猛地清醒過來，轉頭四顧，環境溫度果然驟然下降，痛苦大為緩解，用重返人間形容也差不多。

「呼，終於能睡個好覺了……」郭果掩面長嘆，往桌上一癱，下一秒就被突然出現的提示音嚇得差點跳起來。

『春天，是萬物復甦的季節——』

考試提示一閃而逝，沒留下其他資訊。令人摸不著頭腦。

唐心訣仔細端詳APP考試欄位的資訊，上面關於冬夏兩季的地方空空如也，唯獨到了春季這裡，卻突然多出這樣一句話。

這預示著什麼？

郭鄭二人一臉茫然，沒覺得這句話有什麼危險性，張遊倒是有點猶疑不定，卻也分析不出什麼，只能擔憂地看向唐心訣。

唐心訣眉心緊蹙：「萬物復甦，從字面意義上說，指的是花草樹木等植物恢復生機，以及一些昆蟲動物也重新開始活動……」

這其中的危險之處是……？

將這句話重複兩遍，唐心訣忽然聲音一頓，想到了什麼。

下一刻，室友只見她驟然起身，快速說道：「把我們寢室內養的所有植物花卉，全部找出來！」

前段時間，學校宿舍裡流行養多肉，郭果一口氣買了四五盆小多肉回來，還慫恿別人也買，說要搞一個「多肉寢室隊」。

鄭晚晴不喜歡養植物，被磨得頭大，乾脆買了兩盆仙人球回來，面對憤怒的郭果振振有詞：「反正長得都差不多，這個還綠，綠色健康。」

結果幾盆以生命力頑強著稱的綠植，在第二場考試副本裡經歷了堪稱毀滅性的摧殘，零下六七十度的冬天凍成冰塊，又在零上六七十度的高溫直接烤死——就連人都被折騰得半死不活，何況幾盆植物呢？

此刻再想起這回事，把所有室內綠植全部找出來，四人忍不住瞳孔收縮：花盆裡的顏色嬌豔欲滴，植物幾乎擠滿整個盆口，不僅看不出半點萎縮之意，反而比以前增大了好幾倍！

「春天，萬物復甦的季節。」唐心訣開口，臉色凝重。

「嘶。」鄭晚晴忽然低呼一聲，她的手放在仙人球花盆邊緣上，竟然被刺傷了，血從手指滴進花盆裡。

下一瞬，仙人球竟然以令人瞳孔地震的速度飛速膨脹起來，彷彿補充了某種養分般，短短幾秒就增大了兩倍有餘。仙人球上的刺更是變長了好幾倍，每一根刺都向鄭晚晴所在的方向傾斜而去！

「靠！」鄭晚晴下意識把花盆拍飛，陶盆碎裂，土壤散落在地，露出植物的根莖。

而此刻，哪怕沒了扎根的土，仙人球根部仍以一種緩慢的速度蠕動著，甚至有逐漸從一團分化為多個小型球瘤的趨勢。

這是什麼鬼情況？

幾人還在驚愕，突然打了個冷顫，四周溫度驟降——是唐心訣扔出冰凍符，將幾盆植物暫時冰凍凝固住。

唐心訣一刻不停，立即尋找工具：「趁它們還沒有變異得太厲害，我們必須全部處理掉。」

室友反應過來，立即緊跟著行動，這次是半點睏意都沒了。

原來「萬物復甦」指的是這個意思——誰知道這些植物會「復甦」成什麼樣？

張遊找出剪刀，把她在水瓶裡養的黃金葛連根剪斷，剪刀觸碰到植物枝葉，竟宛如剪到凝膠一般艱難，幸好上面覆蓋著一層冰霜，可以直接用剪刀尖端砸碎。

而多肉和仙人球就比較難處理了，它們比平常更加堅硬，寢室裡備用的美工刀根本捅不穿，把郭果和鄭晚晴忙得氣喘吁吁，也沒破壞多少。

「讓開。」

唐心訣拖了把椅子過來，直接往上砸，木屑和植物碎片一同飛濺，巨大的響聲聽得人臉色發青。

本該脆弱的植物，砸起來卻像鐵石對撞……

唐心訣起身，手裡的椅子斷了個腿。

連椅子都砸不斷的，是剛剛吸收過鄭晚晴血液的仙人球。一轉眼，它又擴大了三分之一左右，比兩個籃球加起來還要大。而且彷彿有生命一樣，瘋狂蠕動著，球體上的尖刺試圖攻擊人類。

唐心訣沒說話，從水裡撈起幻魔殘肢，往上面施了個冰凍符，凍成冰柱後對準仙人球用力一砸，終於碎了。

已經碎裂的花盆、土壤，混合著四分五裂的植物，讓地面一片狼藉。

幾人喘著粗氣，「這樣、這樣安全了嗎？」

唐心訣搖頭，又取出火柴，劃出一簇火：「斬草除根。」

確認過植物燒出的煙沒有毒後，所有綠植，甚至土裡的殘渣，都被一把火燒了個乾淨。

為了以防萬一，四人甚至連以前曾在夏天發過霉，長過苔蘚的地方，都用火燎了一遍，再做上標記，防止什麼時候再多出一層微生物。

忙完，時間已經到半夜十二點，幾人鬆一口氣，終於解決了植物變異問題。

唐心訣拎著兩瓶殺蟲劑走了過來。

「……」

對啊，萬物復甦，昆蟲也屬於生物！

新一輪行動又火速開始，洗衣精和肥皂兌水，灑到寢室所有陰暗的角落。郭果一邊膽戰心驚的灑，一邊問：「這是用來幹什麼的？」

「除蟑螂。」正調製噴劑的唐心訣冷酷回答，「像蟑螂這樣的蟲子，殼上覆蓋一層油脂，很難打死。肥皂兌水化油，它們只要碰到就活不成了。」

當然，這只限於普通狀態下的蟲子，畢竟誰也不知道，春季特殊Buff下，那些「復甦」過來的蟲子會變成什麼樣，只能盡所能提前防備。

除了主要活動區域，洗手間更是重點消毒對象。不僅噴了厚厚一層殺蟲劑，她們還堵住下水道口，在牆壁噴滿肥皂水，又讓最高溫度的熱水在地面堆積整整三四公分，保證殺蟲流程順暢無阻。

整理完一切，四人爬上唐心訣的床鋪，把床帳內外澈底消毒用殺蟲劑阻隔後，這才捂著鼻子抱團入睡。

一夜無夢。

再醒來時，寢室裡已經毫不意外出現令人密集恐懼症發作的場景。不難想像，如果昨晚幾人直接睡過去，醒來要面對的就絕不止如此了。

好在提前做好準備，剛剛復甦並打算占領人類空間的小生物們出師未捷身先死，失去了戰鬥力。

「嗚嗚太可怕了！訣神！訣神？」郭果哪見過這麼壯觀的場景，抱著唐心訣就要哭，卻發現唐心訣也臉色發白雙眼緊閉，看起來比她還柔弱可憐。

唐心訣：「……我也有潔癖。」

和鬼怪對打或是頭腦風暴的時候，她可以無視精神汙染，但現在……屬實有點刺激。

最後，張遊和鄭晚晴負責下去清理，用了四五個垃圾袋，終於讓寢室看起來正常了一點。

「我們下去幫忙吧。」

唐心訣把噁心感壓得差不多，正準備下去，卻忽然被郭果拖住手臂。

「我、我不敢……」背後，郭果的聲音聽起來瑟瑟發抖，「我們再等一等吧，外面太嚇人了。」

「蟲子已經被清掃的差不多了，收個尾，還要繼續研究通關的事。」唐心訣勸了她兩句，回手就要把人撈下去。

而碰到郭果手臂的瞬間，冰涼觸感蔓延而上，唐心訣動作微頓，目光一凝。

郭果沒察覺，猶自在勸：「那些蟲子好可怕啊，先別下去了，妳就當是陪陪我，再等一下，我不敢下去……」

「郭果。」唐心訣忽然開口，打斷了對方的話。

「啊？」

「既然春季萬物復甦。那麼妳說，鬼怪邪祟，也包含在萬物裡面嗎？」

「什麼，妳說什麼？」郭果縮在靠牆的位置，整個身體半佝僂著，蒼白的臉上一片茫然，「我沒聽懂。」

唐心訣眸光凝肅。

要不是這次回頭，她還真沒發現，郭果的臉已經蒼白到這種程度——靠在陰影裡讓人有種半透明的錯覺。周身溫度卻很正常，只有肢體接觸時，才能感受到那股異樣的涼意，宛如蓄積了薄薄一層冷水，陰冷逼人。

之前的考試關卡中，寢室一直展現出防禦鬼怪的保護姿態，也讓她下意識忽略了來自這一方面的危險。

但事實證明，任何疏忽，都可能致命。

考試規則何時說過，面對鬼怪侵襲，寢室是絕對安全的？

就像第一個副本中的小紅，只要滿足某種特定條件，鬼怪就能出現在寢室內。

思緒流轉，現實中僅是一瞬，唐心訣已經出手如電般一拽，右手按住郭果的脖頸將她向下一壓！

一個未來得及跟著附著而下的虛影，出現在郭果後背上方。

空氣中的影子極淡無比，人眼難以捕捉。只不過對於唐心訣異常敏銳的感官而言，這麼近的距離，它的隱匿完全沒有作用。

下一秒，手中光華一閃，馬桶吸盤當頭砸下！

虛影沒反應過來，猝不及防被擊中，瞬間從郭果身上向外脫離了幾公分，影子變得更淡。

反應過來後，它被激怒了，竟放棄郭果直接向唐心訣撲過來。

唐心訣冷眼看著，這下她連動手都不需要。

『叮咚，正道的光，照在了大地上！』

連掙扎和尖叫都沒有，虛影被Buff金光一晃，直接煙消雲散。

郭果這才一個激靈，臉上慢慢恢復了血色，她茫然抬頭摸自己腦袋：「心訣，妳突然揍我幹嘛？還把馬桶吸盤拿出來了……不對，怎麼這麼冷啊？」

看著唐心訣嚴肅的表情，室友這才後知後覺意識到什麼，嘴唇刷地白了：「我想起來了，妳剛剛說，鬼怪邪祟算不算萬物復甦的一部分。為、為什麼忽然這麼問？」

「妳剛剛被鬼附身了。」唐心訣直接回答，「再晚一步，就不只是感覺冷了。」

郭果：！

「我說我剛剛怎麼腦袋渾渾噩噩，無法思考東西只想睡覺……」郭果欲哭無淚：「沒想到床上也不安全，這些東西怎麼總對我下手啊！」

「妳本來就膽子小易受驚嚇，現在多了個陰陽眼異能，陰氣更重。」

簡單來說，就像個發光的靶子，不找妳找誰。

唐心訣道，「不過，也未必只盯上妳。」

身為噩夢中泡了三年的人，她在黑暗生物眼中，大概也是個極待吞噬的獵物。只不過受限於身上的 Buff 無法靠近而已。

更何況，春季到來，萬物復甦，如果這一規則對鬼怪也有效果……

唐心訣轉頭看向床下，在她眼中，張遊和鄭晚晴正在勤勤懇懇收拾屋子，似乎絲毫沒意識到上方的動靜。

她轉頭對郭果說：「妳看一下，現在下面是什麼情況？」

郭果小心翼翼探頭，一愣：「她們怎麼趴倒在桌子上了？睡著了？」

唐心訣心下一沉——郭果與她看到的場景截然不同，說明寢室裡還有問題。

挑開床帳，直接用馬桶吸盤向下滋出兩道水流，從她的視野看去，水落在「室友」身上，室友卻毫無反應。

違背常理的一幕出現，腦海裡的邏輯系統被喚醒，眼前場景頓時出現變化。露出了和郭果所講一模一樣的場景：兩個室友趴在桌子上，身體平緩起伏，彷彿真的睡著了。

「等等，現在下面不會有很多鬼吧？」郭果緊抱著唐心訣瑟瑟發抖。

「那要下去看看才知道了。」

將張遊和鄭晚晴喚醒，兩人一臉茫然，她們明明是下來清理東西，怎麼睡著了？

看見渾身發抖的郭果，鄭晚晴滿臉問號：「差不多都收拾乾淨了，還有什麼好害怕的？我看起來很嚇人嗎？」

郭果面色驚恐：「……不是妳嚇人，而是妳背後趴著的東西嚇人！」

「……」

「晚晴別轉身！」

唐心訣疾聲之下，鄭晚晴硬生生克制自己下意識轉頭看的動作，但與此同時，她雙眼倏地睜大，五官覆上一層不協調的猙獰陰翳。

郭果尖叫：「那東西要鑽進身體裡了！」

唐心訣直接一步上去把人拉到懷中，按照感官中氣息最陰冷的地方，吸盤落在後背對應心眼的位置，用力一按再拔出——

「鄭晚晴」感受到向外的吸力，頓時奮力掙扎起來，然而被唐心訣一隻手無情壓制，最終伴隨「砰」的一聲，一個褪色的虛影彈了出來，還沒來得及反應就被吸盤狠砸幾下，尖叫一聲消散。

「沒了，現在沒了。」郭果腿軟地扶住欄杆，看起來比剛剛差點被附身的鄭晚晴還受驚嚇。

鄭晚晴清醒過來，心有餘悸：「剛剛那是什麼東西？我差點以為回到冬天了。」

僅僅幾秒，她彷彿從冷水裡撈了一趟，渾身無力。

郭果在那邊解釋。唐心訣沒說話，垂眸檢查馬桶吸盤。等室友解釋完，以為可以短暫放鬆時，她忽然開口：「張遊，妳幫我拿一下這個。」

她把馬桶吸盤遞過去。

張遊一愣，抿了抿唇：「怎麼突然讓我拿？」

「幫我檢測一下溫度。」唐心訣淡聲回答：「我被凍太久，感受不出溫度差別了。」

張遊笑笑：「這是妳的武器，我拿過來不太好，萬一有鬼攻擊妳怎麼辦。」

鄭郭兩人對視一眼，一同轉頭看過來。

「沒關係，」唐心訣也笑了，「妳有惡意感應道具，如果有鬼靠近，應該會立即發現，不是麼？」

張遊嘴張到一半，後面的話音沒發出來，微微怔住。旋即她意識到什麼，神情驟變，轉身就要跑！

「這裡是封閉寢室，妳現在在人身上，想怎麼跑？」

在唐心訣冷笑下，對方也意識到自己根本無路可逃，它的反應比前幾個快很多，只見張遊身形一晃，整個人就要倒下來。

「見勢不妙就想溜？」

唐心訣速度比對方更快，直接把人攔下，冰凍符不知何時拍出，新凝聚起的，包裹了幻魔殘肢的冰柱散發著幽幽寒氣。

「出來受死。」

張遊身上的東西：「……」

一分鐘後，張遊被五花大綁在椅子上，滿臉生無可戀。

鄭晚晴還沒完全反應過來，「等等，為什麼忽然綁張遊？」

郭果縮在唐心訣身後，恨鐵不成鋼：「大小姐，妳傻啊，看不出來張遊已經被附身了？連張遊身上的鬼反應都比妳快！」

就像唐心訣說的那句——張遊口袋裡分明有惡意感應道具，可這個早上，無論是郭果被附身，還是近在咫尺的鄭晚晴背後趴鬼，她都毫無反應，就像完全沒收到預警一樣。

再加上幫鄭晚晴暴力驅鬼的過程中，張遊完全沒有幫忙的意思，事後也不願意靠近唐心訣，本身就很反常。

種種反常加起來，只有一個合理解釋，那就是張遊早就被附身了。

這是唐心訣出言試探之前，就確定的答案。

而且張遊身上的鬼，比前兩個更加聰明，不僅會偽裝，還能及時判斷時勢，顯然更強一階。如果寢室裡只有鄭郭兩個人，就算發現張遊的異樣，也未必能抓住附身的鬼。

聰明，就代表著可以交流。

「幾個簡單問題而已，不用緊張。」

唐心訣抱臂站在被綁住的張遊面前，聲音柔和客氣。

「張遊」：「……」我信了妳的鬼！有本事妳把手裡的馬桶吸盤放下再說！

但在灰飛煙滅的威懾下，它還是不得不收斂氣焰，甕聲甕氣說：「妳，想問什麼？」

「首先，妳什麼時候出現在寢室裡的？」

「張遊」慢吞吞開口：「春季到來，我們自然就醒了。」

果然，鬼怪的出現和季節變換有關。

「妳叫什麼名字，屬於什麼鬼？」

「我們是遊魂，沒有名字。」對方冷笑一聲，「不過如果能成功吃了妳們，或許就會有名字了。」

幾人對視一眼，若有所思。

看來即便遊戲中的鬼怪，也有明顯的等級強弱差別。有些是實力強的NPC，有些是藏匿在黑暗中的邪祟，有些則是集群出沒的小鬼。

和考生可以提升實力一樣，殺人，或許就是鬼怪等級攀升的階梯。

一秒沒耽擱，唐心訣繼續問：「寢室裡總共有多少隻像妳這樣的鬼？它們都藏在哪？」

好傢伙，妳還想一轉攻勢？

聽到這句話，「張遊」表情複雜，「我是最後一個……本來有很多，在妳們睡著的時候想附身，結果一靠近妳，全沒了。」

不知為何，從這句話裡，幾人聽出了一絲委屈與惆悵。

唐心訣神色不變：「那還會有新的出現嗎？」

「當然了……」對方緩緩咧開嘴角，陰森森笑起來，「春季到了，我們就是源源不絕的……」

馬桶吸盤被懸在頭上，「好好說話。」

「對不起，」附身鬼瞬間收回笑容，神色端莊，「我剛剛想到了開心的事。」

唐心訣垂眸俯視，纖瘦的身體落在旁人眼中，卻令人油然生出一種來自本能的危險和壓迫感。

她聲音很輕，也很清晰：「你們出現的時間、頻率、數量、弱點、觸發和終結機制。」

「全部說出來。」

附身鬼：「……」

這就是妳說的「簡單問題」？

怎麼，它都成鬼了，還逃不過考試嗎？

問題提出後，寢室陷入寂靜。

附身鬼臉上露出掙扎之色，五官扭曲，痛苦程度甚至比被「正道的光」Buff灼燒還厲害。

圍觀的幾人：「……」

回答個問題這麼煎熬嗎？

難道是受考試規則約束，不允許透露？

半晌，「張遊」放棄掙扎，宛如條失去希望的死魚：「我，答不出來。」

眼見馬桶吸盤要落下，它急忙補充：「不是我不想回答，是妳問的太難了！」

經過它結結巴巴的解釋，眾人才大概明白。

向它這樣的幽魂小鬼，很多只是被本能和微弱的意識支配，連「思考」這件事都做不到，更別說在腦內完成複雜的系統性問題。

像附了張遊身體這位，能思考交流的，已經是非常罕見，很有可能繼續升階的存在了。

正因如此，它格外惜命，才願意和唐心訣交流。

唐心訣點點頭，「既然如此，那麼給你一分鐘時間，把腦子裡能想到的全部說出來。」

「順便，既然智商有限，就有點自知之明，不用嘗試撒謊了。」

附身鬼：「……」鬼生從未如此委屈過！

不敢耽誤，它只能硬著頭皮絞盡腦汁：「聞到人的氣味，我們就會飄過來。以前會被門擋住。但是『春季』不一樣，我們可以隨機進入寢室。人越多的寢室，就會有越多同類進來……哦，對了！」

它忽然想起什麼，神情露出一絲恐懼：「當鐘聲敲響，我們必須離開這裡，跑得越遠越好，否則就會被醒來的——」

「張遊」的聲音戛然而止。

『檢測到副本生物存在考試內容劇透，抹殺處理！』

提示聲落入眾人耳中，張遊身體一抖，身上的陰冷感陡然消失，雙眼焦距擴散又收縮，轉瞬恢復清醒。

與此同時，屋內光線忽然陡然一變。

陽臺窗外，不知何時竟從白霧濛濛變為藤枝纏繞，綠色的枝葉密密麻麻擠滿了整扇窗戶，把室內光線也染得昏沉發綠。乍一看，彷彿整個宿舍外層都被瘋長的植物層層包圍了。

——隨著寢室內最後一隻鬼被抹殺，最後的障眼法也消散，露出春季的真實景象。

「我感覺到，剛剛那隻鬼消失不見了，就像忽然蒸發一樣。」

張遊心有餘悸地開口。

自從附身鬼被唐心訣一嚇，她就恢復一點意識。雖然無法支配身體，卻全程聽著唐心訣與它的對話。

活人們面面相覷，一時間誰也沒有說話。

「如果我沒聽錯……剛剛是抹殺嗎？」郭果聲若蚊蚋，臉上寫滿驚恐。

「沒錯。」唐心訣一邊解開張遊身上的綁縛一邊回答：「那隻鬼剛剛不小心說出了劇透，所以被考試規則抹殺了。」

她並不意外。

遊戲本就是雙向約束，第一個副本的小紅，就因為沒能給出NPC的感激而被無情懲罰，整隻鬼只剩下一個腦袋。

但除她之外，寢室內三人都是第一次見到規則降下懲罰，一時沒能回神。

「不過既然如此，」唐心訣喚回室友的注意力：「除了當下處境外，我們還要弄懂，它到底劇透了什麼內容。」

她眸色明亮：「而這份劇透，或許關係到接下來我們要面對的關卡。」

從某種程度上，她們撿大便宜了。

按照附身鬼所說，只要春季還繼續，隨時可能有新的鬼物進入寢室。未避免再有人被突然附身，四人緊貼著靠在一起，這樣只要身邊人溫度降低，就會立即感應到。

四人圍坐成一圈，張遊拿出惡意感應器，郭果也拿出具有示警功能的溫度測量錶，兩個感應道具放在中間，三百六十度感應四周危險。

忙完這一切，幾人才有心思吃早飯。

被鬼趴過背後，不僅渾身冰涼無力，健康值降低，連胃口也會下降。張遊等人吃了幾口就停下手，專心等唐心訣吃完一起分析現狀。

被三個蒼白小臉盯著啃餅乾的唐心訣：「……」

三下五除二吃完，她打開手機，一個沙啞的聲音從裡面飄出來：「當鐘聲敲響，我們就必須離開這裡……」

室友：「妳什麼時候錄的音？」

她們那時候注意力都在鬼身上，竟然忘了還有這方法！

「……跑得越遠越好，否則就會被醒來的……」

「張遊」未竟的話音戛然而止，只剩下無盡留白。

「如果沒猜錯，這一段就是被認定為劇透的內容。」唐心訣道。

只是問題在於，醒來的是什麼？鐘聲敲響又代表什麼？

郭果憂傷地摸了摸腦袋，感覺自從遊戲開始，頭就日益變禿，腦細胞死得慘不忍睹。

張遊想了想：「我猜測，它可能是指一個更強大的怪物。當鐘聲敲響，怪物醒來，也會吞噬掉這些小鬼，所以它們要逃走。」

郭果摸頭，「說不定醒的是個捉鬼道士呢！鐘聲一響，道士就捏著捉妖幡空降寢室，清掃妖邪匡扶正義……」

鄭晚晴雙眼放空，似乎放棄了思考，「那也有可能是奧特曼。」

郭果：「我們現在在討論考試內容，妳能不能嚴肅一點？還奧特曼？」

鄭晚晴：「妳很嚴肅嗎？林正英？」

「行了行了，先別吵。」張遊連忙一人嘴裡塞一塊餅乾，堵住她們的嘴。

唐心訣沉吟幾秒：「我覺得張遊推測的可能性比較高。」

「萬物復甦，實力較弱的群鬼先行甦醒，而後是更強大的鬼怪，難度依次提升，按照以往副本的關卡順序，是較為合理的。」

「小鬼吃人，大鬼未嘗不能吃小鬼。所以它們的活動時間只能在大鬼醒來之前。」

郭果拍掌：「這樣的話，那鐘聲就是Boss醒來的提示！Get！」

唐心訣卻皺起眉：「可如果這句話包含的資訊只有這一個，會被判定為劇透麼？」

即便她們沒提前得知，當鐘聲響起，群鬼逃竄，也依然會意識到事情不對，加強戒備防禦。

——但也僅僅止步於警戒，因為她們並不清楚關於「Boss」的更多情況。

總之目前來看，知道與否，對這個寢室的影響，甚至不如瞭解小鬼的出沒規律大。

能被判定為「考試內容劇透」，甚至使劇透者被直接抹殺的資訊，會這麼簡單嗎？

唐心訣眉心緊鎖：「如果我是規則，那麼我至少會認為，這資訊的透露，足以對考試通關產生決定性影響，改變一整個寢室的命運。」

張遊認真思考：「妳的意思是，還有隱藏的資訊，我們沒找出來？」

點點頭，唐心訣剛要開口，四人中間的溫度測量儀忽然響了起來。

張遊的惡意感應器緊隨其後，兩個巴掌大小的道具滴滴作響，一聲比一聲急促。預示著敵人的靠近。

有新的鬼魂進入了！

幾人瞬間緊繃起來，唐心訣沉聲道：「凝聚注意力，不要給它們可乘之機。」

在與鬼怪附身的博弈中，意志力是相當重要的一環，此消彼長。一方露怯，就會讓另一方變得更強。

寢室成員手臂兩兩相握，唐心訣分出一隻手握著馬桶吸盤，鄭晚晴拎著附魔冰柱，兩人站在靠近寢室門一側，也最先感受到撲上來的冷意。

「小心！」

唐心訣吸盤揮過去，把陰冷感拍往鄭晚晴方向，鄭晚晴同時大喝一聲狠狠向下一砸，冰柱發出清脆響聲，一個虛影在空中散開。

一套配合，解決一個！

郭果聲音飛快：「門口還有，心訣小心！」

唐心訣立即反手捅向背後，然而Buff比她反應的更快：叮咚！

兩隻虛影同時化灰。

唐心訣皺了皺眉。

被動Buff最不好的一點，就是無法控制如何使用，很容易消耗在不緊要的地方。

幾次下來，腦海裡的金色小標誌已經淡得幾乎看不見，顯然無法再撐多久。

「臥靠！燈上有一個！它掉下來了！」

隨著一聲慘叫，郭果身上氣質驟然一變，五官垮下來，咧嘴咯咯笑起來。

毫無疑問，郭果又中獎了。

張遊和鄭晚晴同時飛快出手，把人死死按住，鬼怪尖叫著被踢出來，又被打散。

「現在暫時安全了。」

帶著感應器在寢室內仔細檢查兩圈，確認沒有鬼物藏著，張遊才鬆口氣。

下一秒，感應器又嘀嘀響起。

眾人：「……」

沒完沒了了！

新一波襲擊顯然更加危險，就連隔著門，幾人都聽到了鬼魂們尖銳的叫號，正飛速飄來。

門內屏息等待，所有人繃緊神經，隨時準備動作。

——就在尖叫聲即將出現門內的前一刻，一切動靜忽然停了下來。

「咚——咚——」鐘聲響起。

迫近的陰冷感如潮水般褪去，群鬼奔逃散去。

幾人不約而同看向陽臺外，聲音傳來的方向。敲鐘聲仍在繼續，總共響了十二聲才停下。

「怪物要出現了麼？」郭果很緊張，「我們該怎麼辦？」

唐心訣沒出聲，她在思考一件事，眉心蹙得越來越緊，眸光閃爍不定。

半晌，眉心忽鬆，她猛然抬頭：「鐘聲不只代表怪物！」

「什麼？」

「鐘聲不只代表怪物，應該是某種規則。」

終於想通了一直存疑的問題，唐心訣語速飛快：「而且這規則，應該直接關係到考試進度——更有可能，它並不屬於春季副本。」

這也是她疑慮的關鍵：如果附身鬼當時透露的是當下副本內容，為什麼前一句沒問題，偏偏說到鐘聲才被截停？

除非——

「鐘聲和群鬼復甦，不屬於同一副本。或者說，截至鐘聲響起前，兩個副本仍有交錯。而到了鐘聲結束，未知怪物甦醒，就已經進入到了下一個副本的內容。故而，遊戲規則才會判定劇透。」

劇透是什麼？是對未來事物的提前洩露。

唐心訣一字一句：「因為它說的，是屬於秋季的考試內容。」

秋季？

張遊遲疑：「可是，現在遊戲並沒有提示春季過去……」

「這恰恰就是關鍵所在。」唐心訣不假思索，「就像沒說過寢室絕對安全一樣，遊戲規則也從沒說過，每次季節轉換，都會有提示。」

寢室門第一次能阻擋鬼怪，第二次能阻擋鬼怪，第三次就一定阻擋嗎？

同樣，從冬到夏有提示，從夏到春有提示，那從春季到秋季，就一定也有提示嗎？

從沒被明確指出的規則，就不會百分之百生效。

「如果現在是秋季……」張遊臉色發白，「考試為什麼要隱藏這一點？」

唐心訣呼出一口氣，嘴角輕輕扯起：「一切變化都有目的。讓門的防護作用消失，鬼魂就會對學生產生危險。那麼，讓季節轉換的提示消失，會對我們產生什麼危險？」

第十二章　秋季，凋零與豐收

「季節提示……」一旁苦苦思索的郭果忽然一拍腦袋，脫口而出：「季節提示會告訴我們每個季節的特點！」

同時，這一特點，通常就是該季節的關卡和危險所在。

冬天和夏天的特點是極溫環境，看起來一目了然，但春秋兩季的特點就有些難以分辨。

考試給予春季的特點是「萬物復甦」，其核心與規則，是一切生命體都「復甦」出對人類的危險性。

也正是知曉了季節特點，唐心訣才能猜出來自植物和昆蟲的危機，提前做準備。

如果唐心訣推測屬實，那無疑代表了一個非常不妙的事實：在對季節一無所知的情況下，她們要怎麼對抗來自秋季的危險呢？

「也未必一無所知。」唐心訣搖搖頭，「我們還有常識。」

「遊戲如果真的連季節轉換都要隱藏，說明秋季的特點肯定是廣為人知的……它怕我們猜到。」

「秋天的特點……秋高氣爽？秋風掃落葉？」鄭晚晴頭疼地捂住腦袋，「我真不適合想這個，救命，來個小鬼讓我砍吧。」

「秋天有兩種意象最廣為人知，一是凋零，二是豐收。」

張遊勉強維持冷靜，沿著唐心訣的思緒走，「如果非要選一個，我猜是豐收。」

郭果頭搖得像個波浪鼓，緊跟著反駁：「不不不，我覺得是凋零。」

她給出依據：「妳們想，副本的作用是幹什麼的？是搞死我們啊！所以副本特點肯定是負面的，秋天萬物凋零，一看就特別危險。」

張遊：「可是如果這麼說，春天的意象卻是復甦，積極的季節特點也可能蘊含了更加危險的內容啊。」

郭果：「……」

好像也有道理？

爭不出結論，兩人同時看向唐心訣。

唐心訣的目光卻投往陽臺外側，彷彿在透過藤蔓看著什麼。

窗外仍舊被密密麻麻的藤蔓環繞，將外界景象遮擋得嚴嚴實實。

但有一股難以形容的波動，彷彿在藤蔓之外，無形中慢慢覆蓋而上……

『不可接觸之物：你的San值受到輕微損傷，健康值-5。』

『精神動搖（負面Buff）：你的San值正在持續下降，環境對你的危險性提高了。』

『噓，有些事物不可輕易感知——至少現在不可以。』

看到唐心訣狀態變化，其他人有一瞬間的不可思議。

這可是唐心訣！面對女鬼都能拿馬桶吸盤捅臉，San 值彷彿加了鎖的狠人。現在居然只是向外看了一眼，San 值就掉了？

可無論幾人怎麼伸脖子，也看不見窗外到底有什麼洪水猛獸。

倒是唐心訣收回目光，宛若什麼都沒發生般平靜地說：「我更偏向張遊的看法。」

「復甦若對應凋零，那第一個該凋零的，就是窗外的植被。」

很顯然，它們毫無凋謝之意。如果仔細看去，原本枝葉的地方長出了拳頭大小的瘤狀物，彷彿亟待結果。

等等……結果？

郭果差點破音：「植物成熟結出果實，是收穫的象徵！張遊妳說的對，秋天真的是豐收的季節！」

不過轉瞬她又冷靜下來，「現在知道了季節提示，但它和現在情況有什麼關係？」

豐收、豐收……這個意象比復甦還模糊。令人一個頭兩個大。

眼見時間一分一秒過去，郭果腦袋裡忽然靈光一閃：「我明白了！春季是鬼怪復甦，秋季就是鬼怪成熟！鐘聲響起就是鬼怪成熟的標誌，秋天鐘聲響了十二下，就代表有十二隻鬼怪成熟……」

越說到後面她聲音越小，偷偷瞟其他人的表情。

唐心訣溫柔鼓勵：「說得有道理。」

郭果剛一喜，又聽唐心訣說：「不過——一方成熟，就必然有一方收穫。如果成熟的是鬼怪，那負責收割的是誰呢？」

學生負責收割？那也要她們有能力才行。按照實力對比，她們看起來才像是被……

郭果臉色忽地煞白，張了張嘴，看向唐心訣。

唐心訣抬眸注視回來，情緒蘊藏於平靜的波光下：「沒錯，按照這邏輯，我們才是被收割的一方。」

「或者說，面對甦醒的強大鬼怪面前，所有弱小的生物，都是被收割的對象。」

「秋天是收穫的季節，當鐘聲響起，它們來收割了。」

沙沙……

枝繁葉茂，絞纏在玻璃窗上的藤蔓不知何時停止了瘋長。

一顆顆含苞待放的果實破開枝幹表皮，以肉眼可見的速度越長越大。

只不過這一奇景，三一五寢室的成員並沒心思欣賞。

她們正在和幾株變異植物戰鬥，其中一枝種類不明的花莖已經有足足兩人長，纏住一個成員的脖子，令她臉龐青脹渾身掙扎不止。

兩人正在試圖解救她——在數公尺外的寢室門口，一名成員躺在地面生死不知，周身覆蓋著一層尚未散去的寒氣。

腹背受敵，場面危急，就在幾人近乎絕望時，纏住室友脖子的植物忽然鬆開，花枝搖晃兩下，宛如感受到天敵般迅速縮進了牆角。

幾人欣喜若狂：活下來了？

「這是，這是通關了嗎？」其中一人抖著手打開手機，卻沒看見任何新通知。

沙沙……

陽臺窗外傳來簌簌響聲，是藤蔓的枝葉在抖動，拍打在玻璃窗上沙沙作響。

幾人不懂這一幕代表什麼，茫然地面面相覷。方才被藤蔓纏住的女生咳嗽半晌，艱難抬頭：「妳們有沒有感覺，屋子好像變暗了？」

「變暗？難道是燈壞了？」

幾人連忙抬頭，發現頂部燈管的確好像暗了一點，並且似乎以均勻的速度慢慢失去光芒。

不像是損壞，倒像是……

「像被什麼東西吸走了光一樣。」

一個女生不由自主地喃喃道。

窗外藤蔓沙沙聲不知何時消失了。

只有她們的呼吸與心跳，在屋內的寂靜中蔓延。

如同被什麼東西攥住心臟般，緊繃感和雞皮疙瘩像潮水一樣漫上頭頂，幾人呼吸微滯，緩緩轉頭。

玻璃窗外，已經沒有一根藤蔓。

一隻腥黃色的，巨大的眼睛覆蓋了整個玻璃窗，裂瞳轉動著，落到她們身上。

下一刹，伴隨玻璃碎裂聲，燈光熄滅。

當秋季來臨，鐮刀馬上就要落下，果實需要怎麼做，才能避免被收割的命運？

狹窄的黑暗中，唐心訣放緩呼吸。感受到身旁女生在不停顫慄，她用力握住對方的手。也許是汲取到冷靜的力量，室友的身體慢慢平靜下來，也學著她屏息。

——躲藏起來，躲避收割者的視線，直到秋收過去。

好在，寢室的環境構造，給了她們恰到好處的藏身空間——門口的兩個衣櫃，正好可以擠四個女生。

郭果膽小易受驚，必須跟著唐心訣才能冷靜；鄭晚晴莽撞易衝動，正好被謹慎的張遊壓制。四人兩兩分隊，鑽進兩個衣櫃，借由它掩護身形。

這樣，即便她們推測錯誤，也有一層保護屏障抵擋。

原本，幾人還擔心進入衣櫃會受到黑暗生物攻擊。但直至此刻，並沒有出現黑暗生物的預兆，一切安靜無比。

這也更加證明了唐心訣的猜測——收割來臨，百鬼退避。一個更恐怖的存在甦醒了。

或許是一個，也或許是……很多個！

黑暗中，視力失去作用，聽覺變得更加敏銳。寢室陽臺外藤蔓的生長晃動聲隱隱傳來，唐心訣注意到，從某一時間開始，聲音忽然變大，如同急促拍打著玻璃窗，如同提醒，又彷彿掙扎。

而後，藤蔓聲澈底消失，再也找不到半點蹤跡。

寂靜中，她的感知神經卻一點點甦醒，像無數次噩夢中那樣，對身體發出強烈到震顫的危險預警。

『不可接觸之物（二級）：你的 San 值受到中度損傷，健康值 -15。』

『你的 San 值正在快速下降，環境對你而言十分危險。』

『感知是柄雙刃劍，它的作用，取決於你把劍刃對準哪一邊。』

鎖上螢幕，唐心訣示意郭果也關閉手機，讓最後一點光線在狹窄的空間內湮滅。

沙沙……

彷彿有什麼東西漫入屋內，如同海水漲潮，將寢室一點點淹沒。

它似乎在搜索什麼。

隔著櫃門，最主要的感官被遮罩，外界的一切在腦海中變成詭譎而未知的符號，隨著危險迫近，恐慌滋生。

哪怕沒聽到任何聲音，衣櫃內四人卻有種莫名的感知——有一雙眼睛正在看著寢室。

它離衣櫃越來越近了。

沙沙……

片刻後，忽然有細碎的聲音響起，如同沙礫落下，刺痛腦海裡的神經。

唐心訣皺眉閉眼，她感受到郭果又開始發抖，強忍著不發出任何聲音

不知多久，腦海一空，聲音消失了。

危險感亦如退潮般散去，直至澈底消失在寢室裡。

睜開眼，唐心訣這才感受到嘴裡的腥氣，她剛剛咬破了嘴角內側。後背滲出一層冰涼

的汗，卻也令她更加清醒。

拍了拍郭果的頭，她輕聲開口：「我們暫時安全了。」

『秋天來了，秋天來了，在豐收的期盼中走來了——』

姍姍來遲的系統提示聲伴隨著詭異哼唱，出現在耳邊：『叮咚！秋天的腳步已經悄悄到來，宿舍的同學們，你們感受到豐收的喜悅了嗎？』

『考試最後關卡：秋季副本已開啟！收割者已經甦醒，請在它們的巡視中生存到最後，每個收割者只會收穫一次，當顆粒無收時，它會降下怒火。此次收割者共有……』

『十二名！』

提示聲結束，APP的考試欄位也更新。

『秋天，是豐收的季節！』

季節提示下方，還多出了兩排圓形光點。從上數到下，正是十二個。

唐心訣注意到，這十二個光點，有十一個閃爍著綠色光芒，剩下一個是灰色。

考試規則說，秋季共有十二個「收割者」。看來每個光點，對應的都是其中一個。

觸碰光點，更詳細的解釋一則則彈出：

『綠色：收割者位置較遠。』

『黃色：收割者正在靠近。』

『紅色：收割者已經來到你身邊。』

『灰色：收割者已經離開。』

唐心訣聽到郭果如蒙大赦的呼氣聲。

——按照現在的光點顏色來看，已經有一個收割者來過，並帶著「收穫」離開了。現在其他收割者尚未趕到，她們暫時處於安全狀態。

確認安全後，唐心訣立即敲了敲衣櫃門，「我們先出來。」

四人出來後紛紛大喘氣，她們都被憋瘋了，不只是因為衣櫃裡空間狹窄，而是精神緊張時忘記呼吸。郭果最嚴重——她差點把自己憋暈過去。

其餘人狀態稍輕，也是手腳發軟，直冒冷汗。

剛剛的幾分鐘就像在生死線上無聲地走了一遭，幾人雖然看不到衣櫃之外的「收割者」，卻能清楚感受到生物本能鳴響的警鐘：那是一個危險到超出她們想像的存在，遠遠比NPC、黑暗生物、普通鬼怪等可怕得多！

在其他人調整狀態時，唐心訣抽出一張紙，刷刷幾筆迅速在上面畫了一圖案。

畫完，其他幾人分神來看，均一臉茫然：「這是什麼？」

只見白紙上筆劃描繪出的圖案，宛如一塊被扯得稀巴爛的破布，破布中又似乎包裹著什麼東西，呈現出蒙面斗篷般飛騰的狀態。

畫完腦海裡的東西，唐心訣抹掉嘴角滲出的血，簡潔回答：「收割者。」

其餘人：！

收割者長得……這麼獵奇？

不過感嘆也只是一瞬的事，畢竟是怪物，長成什麼鬼樣都不足為奇。

收起筆，唐心訣不易覺察地皺了皺眉。

因為對遊戲生物的感官太過敏銳，她幾乎全程被動感知著對方的存在與狀態。這也是她San值飛快下降的原因。

「如果我感覺的沒錯，這個收割者的巡視，應該只是用這一部分……」她在破布底端的布條上畫了個圈，「……簡單掠過所有寢室，查看了一遍。」

也正因此，它才沒發現躲在衣櫃裡的四人。

慶幸之餘，一個新的問題也浮現。唐心訣神情凝重：「這只是第一個。」

而收割者共有十二個。

每一個可能都不相同。

她們無法預料，下一個出現的收割者，會以何種形式巡邏，到那時，藏身衣櫃這一做法還有沒有用。

可寢室內，除了衣櫃，並沒有更好的藏身之所。

張遊心驚不已：「這麼說，沒有絕對有效的方法……」

唐心訣確定：「沒錯，至少以我們當前的能力，找不出對策，能同時應對所有的收割者。」

這一次，她們或許只能拚耐力，以及運氣。

距離上一收割者離開兩分鐘，在唐心訣迅速決定下，所有人都換上了冬天的厚衣服，戴上口罩。同時扯下床上的被褥，全部塞滿衣櫃兩側，只留下中部僅供人藏身的空間。

「附身鬼曾說過，它們靠人的氣息來辨別寢室，聞到人的氣味就會飄過來。」

「假設，收割者搜尋人類也會透過這一點辨別，那我們需要做的，就是盡可能減少我們的氣息洩露。」

唐心訣從水龍頭接了滿滿一大盆冷水，對準玻璃窗澆了上去。

自從她們再從衣櫃裡出來，窗外的植被已經消失無蹤，可能也是順應季節被「收穫」了。

其他人也用冰涼的冷水把寢室地面潑了一遍，還包括桌椅門口等位置，清除她們的活動痕跡。

最後，一人捏了一張冰凍三尺符，令寢室整整降溫幾十度，彷彿回到了冬季副本時，每個人在厚厚衣服內，連血液流動都被凍得緩慢下來。

「等我一下，等我一下。」

郭果翻出了一個布袋，往裡面塞防身工具和一堆零件——這是在她們第一次進衣櫃前，為了防止警報聲會吸引怪物注意力，郭果和張遊忍痛拆卸的預警道具。

「顏色變了！」

張遊短促低呼，聲音焦急。

APP考試欄位，十二個光點最下方，赫然有一個光點變成了黃色。

這代表，有一個收割者正在向她們逼近！

幾人立即毫不猶豫，匆匆抱上全部家當，飛快鑽進衣櫃裡。

櫃門關合，黑暗湧上，安全感反而有所增加。

郭果雙手合十，不斷默念祈禱：別過來、別過來、別過來……

象徵收割者的光點由黃色變為紅色。

「砰！」

陽臺窗被重物敲擊，玻璃碎裂聲清晰刺耳！

郭果嚇到差點出聲，她拚命捂住自己嘴，改為默念：別發現、別發現、別發現……

似乎有什麼東西在地面爬行，從陽臺到寢室門口，發出的窸窸窣窣聲離衣櫃越來越近。

這次的收割者，顯然比上一位要細緻很多。

郭果絕望地抓住唐心訣的手。

唐心訣也不好受。

她能感覺到，怪物並沒有真正進入寢室，僅僅用了身體的一部分，或者是分身，但即便如此，也令她不可避免地感知到更多。

冰冷……暗黃……吐信……巨大瞳孔……

『不可接觸之物（三級）：你的 San 值受到重度損傷，健康值 -55。』

『你的理智已經不堪重負。』

『停止，或是瘋狂，只在一念之間。』

唐心訣閉上眼，緊咬下唇，指甲陷入掌心，試圖用疼痛來減輕感應，然而並無作用。

不，不能坐以待斃。

接下來還會出現第二個、第三個同等級的怪物，難道她每一次都要承受精神重擊？這樣下去，甚至等不到一半，就算血條沒掉光，也會因為 San 值清空而瘋掉。

唐心訣腦袋瘋狂運轉。

一定有解決辦法，她一定能找到解決辦法……就像無數次從噩夢中生還那樣，她能控制自己的思考、意識、反應，就同樣能控制感知力。

在噩夢中，她是怎麼做的？

唐心訣心中升起一絲明悟。

現實在某種程度上，阻擋了她對大腦的控制，也削減她的實力，放大了她的弱點。

但若這裡是噩夢，她就可以做到。

——那就當做正身處夢境。

當機立斷，唐心訣收攏注意力，使思緒回歸，忍耐著精神承受的攻擊，在廣袤的識海中下沉，再下沉——找到了。

黑暗中，唐心訣睜開雙眼，但如果此時有光照，就會有人看見她眼中有一瞬間失去了焦距，而後變為空洞和漠然。

只有唐心訣自己知道，她現在感受不到任何危險了。

急劇下降的San值忽然停滯，負面狀態開始一個接一個消失。

『感知封閉：這是一個由思考主體創造出的Buff，具體作用尚未清晰。當然，沒有人比你更清楚，不是麼？』

過了不知多久，郭果顫巍巍戳了戳她——外面沒聲音了。

考試欄位上，第二個光點失去亮度，化為灰色。

第二個收割者也離開了！

看到這提示，郭果差點感動得當場哭出來。她吸了吸鼻子，剛想對旁邊的唐心訣說什麼，緊靠著的女生卻忽然身體一栽，撞開櫃門倒在地上。

「心訣！」

隨著郭果的尖叫，其他兩人飛快推開櫃門出來，看到眼前的場景後大驚失色——唐心訣臉色蒼白雙眼緊閉，五官痛苦地皺在一起，雙手緊握成拳按住太陽穴，整個人蜷縮成小小的一團，看起來痛苦無比。

「心訣！妳怎麼了？」

顧不得其他，幾人飛速把她扶起來，因為不清楚情況而不敢輕易動彈。只能輕輕按壓她的肩膀和太陽穴，試圖讓唐心訣感覺好受一點。

好在沒過幾分鐘，少女繃成弓弦的身體就舒展開，睜開雙眼，裡面除了多幾條血絲之外沒什麼異常。

「我沒事。」唐心訣啞聲開口。

她喝了口張遊遞過來的水，臉色稍稍恢復，歉意地笑了笑：「剛剛嘗試了一種新技巧，收回去的時候沒控制好，沒想到第一次突破帶來的後遺症這麼強。」

但與此同時，也並非沒有收穫。

「心訣，妳的健康值！」郭果忽然瞪大雙眼脫口而出。

從她眼中看去，「寢室成員狀態」下，唐心訣名字後的健康欄，已經從十分鐘前瀕臨紅線，眨眼恢復到了綠色狀態。

一顆將要形成的淚珠掛在郭果眼角，此時不知道該不該掉下來，她人都傻了。

我靠，健康值總共就一百，唐心訣一口氣恢復了幾十點？

第十三章　系統，我要檢舉

如果不是親眼看著唐心訣什麼都沒幹，郭果都要以為她偷偷嗑了一瓶生命恢復劑……這恢復力也太離譜了吧！

她幽幽看著唐心訣：「我們剛剛還以為妳出事了。」

唐心訣莞爾：「我聽到了，妳哭得很大聲。」

剛剛的痛苦和無法自控是真的，只不過痛苦來的快去的也快，現在她除了太陽穴微微發脹之外，已經沒有什麼感覺了。

張遊心有餘悸，問：「那是什麼？是某種病的後遺症嗎？還是和妳的噩夢有關係？」

唐心訣揉了揉太陽穴，解釋道：「相比起後遺症，倒更像是突破了某個屏障之後，帶來的副作用。」

看著一臉茫然的室友，她一時也不知道該怎麼解釋，只能去繁就簡：「簡單來說，我找到了能暫時遏制精神汙染的方法。」

打開【身體情況】，屬於她的健康值下方，彈出的新訊息竟然是從沒見過的綠色字跡：

『精神控制（一級）：控制的第一步就是自控。附加屬性：免疫力+5。』

『注：自創技能將隱藏在五維屬性下方，屬性加成為永久增益，不因技能退化而消失。』

『精神飽滿（正面 Buff）：精神力提升，清空所有負面狀態，健康值大幅回升。』

自創技能！

這下，就連唐心訣也有些意外。

從新 Buff 出現的一刻，她雖然隱隱預感這一能力會隨著突破而進階，卻沒想到進階得這麼快。

這簡直……像是遊戲的資料庫裡一片空白，只要有人創造出了個「新東西」，就迫不及待錄入一樣。

想起上場考試，寢室點亮各種奇奇怪怪的成就點，甚至還有馬桶吸盤這種效果全靠她DIY的異能……唐心訣彷彿抓住毛線的一團，察覺到一些微妙之處。

不過現在不是想這些的時候。

她將思緒壓下去，轉回正題：「抱歉，打亂大家計畫了。我們儘快回衣櫃裡，第三個收割者不知什麼時候會過來……」

話還沒說完，她聲音一頓。

只見十二個光點中，暗下去的光點從兩個變為了三個！

同樣看到這一幕，其他人也悚然一驚，面面相覷。

第三個收割者來過了？什麼時候？

「不，不是來過。」意識到其中關竅後，唐心訣眸光一亮：「而是它根本就沒來我們這！」

「我們原本以為的規則，是每一個收割者都會將所有寢室巡視一遍再離開。」唐心訣語速飛快地解釋：「但現在看來，或許並非如此——每個收割者巡邏的範圍或許不盡相同。」

有些會來到她們寢室，有些則不會。但當它們離開，光點都會同樣暗下去，代表一個危險已經消失。

張遊也反應過來，眼中染上一絲喜意：「也就是說，我們不需要連續躲避十二個收割者？」

如果運氣好，她們只要成功躲過幾個，就能生還了！

郭果和鄭晚晴對視一眼：「我們不知道參與此次考試的寢室究竟有多少，也不知道每個收割者的範圍和選擇標準，也許是隨機，也許不是。」

短暫驚喜過後，唐心訣冷靜下來，「依舊要做好最壞的打算，從現在開始，我們要一直藏在衣櫃裡，直到最後一個光點熄滅。」

「妳確定沒事嗎，心訣？」張遊還是擔心，剛剛唐心訣倒地的模樣實在太過嚇人，哪怕親眼見到健康值恢復，還是令人後怕。

雖然不瞭解內情，但她能看出，唐心訣是撐了過來，才「突破」成功。但如果下次沒撐過來呢？

唐心訣點頭：「放心。」

不再多說，幾人匆匆鑽回衣櫃。

郭果小聲嘀咕：「幸虧我沒有幽閉恐懼症。」

衣櫃裡窄得沒法動彈，又冷又悶，黑的伸手不見五指，十分考驗忍耐力。

唐心訣安慰：「如果實在難熬，妳可以睡一覺。」

郭果：「……」

這是能睡過去的場合嗎？

但不知為何，或許是唐心訣在旁邊太過冷靜的緣故，半晌之後，郭果竟然真的沒再冒出什麼雜七雜八的念頭，甚至緩緩闔上了眼睛。

甚至直到陰冷如潮水般襲來。

這一次，若有似無的花香在室內蔓延開，唐心訣再次主動封閉了感知，因此只聞到一股極淡氣味，伴隨些許煩躁感在心中莫名升起。

異樣感出現的瞬間，她便確定——這股會令人心煩意亂，暴躁不安的香氣，是專門用來搜查藏匿獵物的。

香氣對她的影響不大，郭果本身膽小，煩躁只會讓她縮得更小，不可能忽然暴走。至於另一個衣櫃裡……

唐心訣猛地睜眼，隔著黑暗和櫃門，她仔細捕捉外面動靜。

張遊謹慎入微，但鄭晚晴卻是大咧咧的暴躁性格。如果不設防吸入過多香氣，再加上櫃內空間壓抑，的確有可能控制不住情緒。

一旦搞出動靜，被發現的機率，幾乎是百分之百！

而唯一的方法——只看張遊能不能及時控制局面了。

唐心訣猜的沒錯。

同一時間，寢室門口右側衣櫃內，鄭晚晴靠著厚厚的被褥，眉毛擰的能沉水，牙關咬得咯咯作響。

彷彿有一團火在胸腔裡燒——她從來沒這麼煩躁過，就連當時辛辛苦苦肝一週論文後電腦進水，都沒有此刻讓她抓狂。

負面情緒一旦開了閘，就止不住上湧，甚至對當下處境都升起一股自暴自棄：她們躲在這裡真的有用？被發現了還不是死路一條？

死就算了，關鍵還死得這麼委屈，連最後掙扎一下的機會都沒有，還不如出去拚死一搏……

肩膀忽然被用力壓住，鄭晚晴這才恍然回神，發現她竟不知不覺將手放到了櫃門處，只要一用力就能推開！

黑暗中不能說話，張遊攥住她手臂，拉回來死死按住，控制著不讓她亂動。

經此一下，鄭晚晴也清醒不少，後心出了一層冷汗，反應過來自己的狀態不對勁。

……是香氣！

冷香順著衣櫃縫隙飄進來，這還是已經堵住大部分透氣口的情況下。好在張遊提前準備了用冷水浸過的面巾，兩人一人一條，既捂住口鼻又能醒神。堵上之後，鄭晚晴才感覺沒那麼難受。

約幾分鐘，香氣漸漸散去。又一個光點變灰。

她們又活下來了。

「一、二、三、四、五……」郭果小聲數，泫然欲泣：「還有六個亮著，求求別再選我們寢室了，別來別來別來……」

話音未落，又一光點突然變黃，沒過幾秒迅速躥紅！

郭果猛地止住話音，把祈禱生生咽進肚子裡。

這一次，寢室內足足有長達數分的寂靜。

聲音是從走廊外響起的。

先是腳步聲，由遠到近，不慌不忙，最後停在寢室門外。

而後，門把手按下——

吱呀一聲，寢室門被打開了。

「咦？」門口響起清脆的少年音。

「這裡沒人嗎？真奇怪。難道已經被收走了？」少年音自言自語兩聲，邁進了屋內。

腳步聲越過衣櫃，向屋內移動，椅子等物品被隨意掀翻，乒哩乓啷掉在地上。

聽著外面的聲音，藏身衣櫃的四人心驚不已：這名「收割者」，竟然是個人！

相比起之前的怪物形象，無疑如同ＮＰＣ一樣能正常思考的「人」，對她們的危險性更大。

因為她們能想到的，別人自然也能想到。

果然，沒過多久，少年音再次響起。

「沒有已經被收穫過的標誌呢，看來人還在，只是……」

腳步聲又向門口走來，所有人的心高高懸起，幾乎提到嗓子眼。

最後，聲音在衣櫃旁落定。

「只是藏了起來。」

唐心訣抿上嘴角，握緊馬桶吸盤。

同一時間，走廊外忽然炸開一聲爆響，彷彿什麼地方轟然炸裂，震得整個空間都搖晃幾下，耳邊嗡嗚不止。

衣櫃外的收割者也被吸引了注意力，腳步移動到門外，還抱怨了一句：「唉，又打起來了，早知道我就早點來，真掃興……」

寢室門隨之闔合，遮蔽了大部分聲音。

不知過了多久，郭果才覺得自己能喘氣了，她眼睜睜看著唐心訣打開手機，變為紅色的光點格外刺眼。

一個、兩個、三個……三個紅點同時亮起！

這裡同時有，三個收割者？

可是，考試規則不是說，一次只會有一個收割者出現嗎？

郭果驚愕地抬頭看向唐心訣。微弱光線下，唐心訣也神情不明，最後做出一個口型：

「等。」

如果規則真的是不可違背的，那麼收割者違反規則，遊戲必定會有所反應。

眼下，她們只能靜觀其變。

可隨著時間過去，門外聲音並沒停下，反而愈演愈烈，閃爍紅光的光點不減反增，考試規則卻並未察覺，沒有給出任何提醒。

這是怎麼回事？

唐心訣眉關緊鎖。

面對不合常理的情況，自然不能用常理來判斷。

迅速思考後，一個可能性在腦海最終形成。

或許，收割者們有某種方法，暫時躲避了考試規則。故而哪怕它們違規，也不會被發現，進而受到處罰。

但是，這樣對待正在考試的學生們，極其不公且不利……如果趁此機會，它們再殺個回馬槍呢？

似乎正應她所想，原本已經遠去的腳步聲，竟又出現了往回走的趨勢！

——該如何應對這種情況？

大腦瘋轉之下，唐心訣神色卻越來越冷靜，雙眸微垂，眸色幾乎與令人窒息的黑暗融為一體。

半晌，她忽然打開手機，在【宿舍生存遊戲】的主畫面點開了一個選項。

疑難排解，線上客服。

『申請線上客服需要消耗一學分，是否申請？』

『是。』

毫不猶豫點擊，畫面瞬間跳轉。

『學分已消耗，正在連接客服中……客服已連接！』

『客服001：親愛的同學你好，客服001號線上服務中，請說出你的問題。』

唐心訣面無表情打下四個字：『我想檢舉。』

在唐心訣的訊息後，閃爍著盈盈微光的客服畫面停頓了兩秒。

兩秒後，新訊息彈出。

『客服001：你好，請問你想檢舉什麼資訊？』

唐心訣打字如飛：『我在《四季防護指南》考試秋季副本，副本Boss收割者違反多條考試規則，聚眾鬥毆卻並未受到處罰，對考試公平性產生極大危害。』

這次，客服回覆極快：『檢舉已受理，正在核查，副本資訊載入中……』

「啪嗒、啪嗒……」

走廊的腳步聲越來越近，聲音的主人聽起來十分悠閒。

唐心訣垂眸：『收割者馬上就會回來，如果我們死了，希望是因為沒通過考試內容，而不是因為遊戲Bug而白白送死。』

客服001：『……』

『叮咚！副本資訊已成功載入，檢測開始，檢測過程中考試暫停——』

門把手被按下的摩擦聲、寢室門被推開的吱呀聲，一切聲音都隨著突然響起的遊戲提示戛然而止，回歸寂靜。

寂靜中，唐心訣聽見自己劇烈的心跳聲。

「怎麼回事？」

郭果本來已經閉眼絕望等死了，被突如其來的通知聲嚇得一個激靈，一不小心把櫃門弄開了一條縫隙，從空隙中剛好能看到被推開的寢室門。

在走廊一側的門把上，覆蓋著一隻白到毫無血色，藍色血管根根分明的手。

再晚一步，手就要推門而入。但也正晚了這一步，連同手的主人一起被迫停在原地。

整個考試副本，彷彿被按下了中止鍵。

『副本檢測進度5%……25%……67%……99%，檢測完畢。』

『錯誤提醒！錯誤提醒！錯誤提醒！』

刺耳警鈴聲連續重複三遍，童音變成了嚴肅的機械聲：

『檢測結果統計，該場考試共三處違規錯誤：考生等級錯誤、考試內容違規錯誤、NPC審核錯誤。』

『分別造成重大疏忽如下：一、部分考生等級低於考場接收區間；二、大量場外NPC違規干涉考試流程；三、考試規則受到干擾，監考官失職，存在違規瞞報現象。』

聽著冰冷的機械音一條條陳列，感受劇烈的心跳緩緩穩定，唐心訣睜開眼，銳利明亮。

她贏了。

『根據《遊戲及考試聯合公約》第十三條，現對該考試判決如下：不符合要求考生提前結束考試，未及格者一律以及格處理。場外NPC全部清除，違規者以罪行等級進行收容處置。撤銷本場監考官職位。剩餘考生結束後，本次考試以及課程相關將被全部回收，等待繼續調查。』

『考試時間，閏秋7355.115日，9點31分，判決生效！』

機械聲消失，副本繼續運轉。衣櫃門發出被推開的輕微聲響，郭果嚇得連忙要把它拉回來，餘光不小心掃到外面，卻是一愣。

寢室門還開著一條縫隙，門外卻已經空無一人。

腳步聲、轟炸巨響，所有令人心驚肉跳的聲音盡數消失，世界變得安靜無比。

『叮咚！經過大家的齊心協力，秋季已經成功度過！四季輪迴，美好的一年又結束啦！』

幾人從沒有一刻像現在這樣，覺得這個詭異童音如此順耳。

『相信同學們經過這一課，對四個季節有了更深刻的瞭解，讓我們來看看，同學們交出了怎樣的答卷吧！』

隨著童音落下，唐心訣的意識再次陷入黑暗。

『寢室成員個人評價載入中……載入成功。』

『姓名：唐心訣。』

『關卡：《四季防護指南》。』

『輸出：80.9%。』

『抗傷：45%。』

『輔助：22.2%。』

『有效得分：11分。』

『解鎖成就：3個。』

『最終評價：輸出型MVP。』

意識回籠，唐心訣從書桌上睜眼起身，看見完好無缺的寢室，竟有剎那恍若隔世的恍惚感。

在看到桌子上的老舊收音機時，這種恍惚感更明顯了。

其餘三人也相繼起身，臉上帶著茫然之色，似乎都還沒怎麼反應過來。

張遊遲疑開口：「遊戲最後的檢測通知是什麼意思？副本出Bug了？」

「這個啊，」唐心訣平心靜氣解釋：「我向客服檢舉了。」

聽唐心訣講完來龍去脈後，懷疑人生的表情同時出現在三個人臉上。

「我靠，我怎麼沒想到還可以檢舉！」郭果飛速掏出手機，找了半天才找到客服鍵的位置，「嗨呀，大意了呀！」

鄭晚晴無情揭穿：「因為妳從來沒好好研究過這個ＡＰＰ。」

當然，從遊戲降臨到現在，僅僅是為了保命就自顧不暇，除了唐心訣外，她們都只瞭解了基本功能。

再加上連線客服需要花整整一學分，從一開始幾人就沒把這個功能放進使用範圍，關鍵時刻自然也想不起來。

「多虧妳想到了這點，要不然我們可能已經全軍覆沒了。」張遊長舒口氣，如釋重負。這場考試實在太過凶險，結尾幾乎是個死局，除此之外，她真想不到還有什麼方法能活著過來。

唐心訣也搖搖頭，「我本來只打算背水一試，只要能把收割者檢舉出去就行，沒想到一個葫蘆下面，居然結了一整串葫蘆。」

遊戲最後的檢測結果，訊息量太大了。

總共三處錯誤，後兩處她能對上號：「大量NPC干涉考試流程」指的是冬季副本中，故意在電臺亂投票的「觀眾」；「欺瞞考試規則」指的則是最後的收割者。

但引起她格外注意的卻是第一條：部分考生等級低於考場接收區間！

簡單來說——就是考生實力弱，考試難度高，兩者本來不該匹配，卻因為某種失誤而匹配到了一起。

從被提前結束考試來看，這「部分考生」，無疑包含了她們寢室。

想到考試裡種種凶險之處，唐心訣不禁皺眉。

剛剛開局就遇到這種意外……這遊戲真的可靠嗎？

回過神後，幾人紛紛查看手機，這場考試的成績也彈了出來：

『考試完成度：100%。』

『寢室成員存活率：100%。』

『寢室完整度：40%。』

『基礎得分：64分。』

『檢測到附加分，核算如下：』

『越級挑戰高難度考試：+10分。』

『對考試做出重大貢獻：+20分。』

『此次您的《四季防護指南》考試（A級難度），總共得分94分（滿分100），評價等級為：完美！』

成績化為五顆紅色星星，落在考試記錄畫面。

『A級考試獎勵：每位寢室成員獲得4學分，36學生積分，健康值上限增加20，四維體質分別隨機增加2—6。』

念出獎勵，郭果才發現不對：「等等，這場考試怎麼是A級難度？加分項裡的越級挑戰是什麼意思？」

「……」

她後知後覺地哀號一聲：「靠，我們選了一個超高難度的副本？」

從最後基礎獎勵來看，是宿舍文明測試的整整四倍，難度可想而知，至少翻了四倍有餘。

「或許不只四倍。」

唐心訣把自己對檢測結果關於考生等級的理解陳述了一遍。

再次查閱規則條例，終於在角落找到，遊戲總共分為六種考試等級，分別為雙S、S、A、B、C、D，難度依次遞減。

在進行試卷選擇時，APP並不會顯示考試難度，但也不會超過學生對應的最高等級難度。

「三本大學」對應的難度等級在D級到C級，「二本大學」對應的則是C級到B級。

一般來說，到了「一本大學」及以上，A級考試才會逐漸開放。

「不過，」唐心訣緩緩說：「鑑於上次我沒在APP中找到這一條的解釋，因此不排除遊戲原本沒給出提示，直到這次考試，甚至是直到我檢舉之後，它才臨時添加進規則的可能性。」

「……」

幾人沉默半晌，不約而同發出疑問——這遊戲真的可靠嗎？

也太坑人了吧！

當然，吐槽歸吐槽，獎勵還是要照盤全收的。

相比其他人的獎勵介面，唐心訣的APP上更多出了一則醒目的訊息：

『你收到了一封來自課程的特殊郵件，用於感謝你對考試做出的特別貢獻。』

點開後，畫面上蹦出一朵非常中老年畫風的鮮花，而後是一排彈出的獎勵條：

『學分+3、學生積分+30、學生商城打折券*1。』

算下來，扣除檢舉花的一學分，她還倒賺兩分，現在學分已經飛快到了七分。

算完這一場的收益，寢室安靜片刻。

郭果最先開口，語氣難掩激動：「我總共得到三十六學生積分，五個有效得分的抽獎機會，體質屬性幾乎多了一半。」

所謂一夜暴富，大概就是這種感覺了吧！

郭果和張遊的收穫也差不多，對完帳後，三人目光一同幽幽落在唐心訣身上。

唐心訣沉吟：「我得了一百零二積分，十一個有效積分，屬性增加和一張打折券。」

眾人：流下沒見識的眼淚.jpg。

「哦對了！」郭果忽然想起，「我的陰陽眼技能也升級了！」

她興奮地在自己腦門上按了一下，「能看出差別嗎？」

仔細觀察，唐心訣開口：「有一條粉色痕跡。」

「沒錯！」郭果咧嘴：「陰陽眼到二級後，可以靠陰氣來分辨出鬼的強度。當然，最重要的是，我可以自主選擇開關了！」

這對她搖搖欲碎的膽子來說，簡直是救命稻草！

說完自己的異能，郭果又迫不及待問：「訣神訣神，妳的馬桶吸盤有升級嗎！」

唐心訣點點頭：「有。」

考試結束後狀態更新，馬桶吸盤熟練度點滿，已經從二級升到了三級。

只不過升級後的變化……

唐心訣取出馬桶吸盤，又取出已經快碎成渣的幻魔殘肢，在眾目睽睽下，把幻魔殘肢扔進了馬桶吸盤的橡膠頭裡。

然後，橡膠頭上下搖動兩下，把幻魔殘肢吃了進去。

……等等，吃了進去？

——《宿舍大逃亡01宿舍文明守則》完——

——敬請期待《宿舍大逃亡02經典電影鑑賞》——

高寶書版集團
gobooks.com.tw

YS 041
宿舍大逃亡 01 宿舍文明守則

作　　者　火　茶
責任編輯　吳培禎
封面設計　單　宇
內頁排版　賴姵均
企　　劃　何嘉雯

發 行 人　朱凱蕾
出　　版　英屬維京群島商高寶國際有限公司台灣分公司
　　　　　Global Group Holdings, Ltd.
地　　址　台北市內湖區洲子街88號3樓
網　　址　gobooks.com.tw
電　　話　(02) 27992788
電　　郵　readers@gobooks.com.tw（讀者服務部）
傳　　真　出版部(02) 27990909　行銷部 (02) 27993088
郵政劃撥　19394552
戶　　名　英屬維京群島商高寶國際有限公司台灣分公司
發　　行　英屬維京群島商高寶國際有限公司台灣分公司
法律顧問　永然聯合法律事務所
初版日期　2025 年06月

原著書名：《女寢大逃亡》由北京晉江原創網絡科技有限公司授權出版。

國家圖書館出版品預行編目(CIP)資料

宿舍大逃亡. 1, 宿舍文明守則 / 火茶著. -- 初版. -- 臺北市：英屬維京群島商高寶國際有限公司臺灣分公司, 2025.06
　冊；　公分. --

原簡體版題名：女寢大逃亡

ISBN 978-626-402-285-9(平裝)

857.7　　114007728